Embraced by Pluto and other titles

プルートに抱かれて

ヘルメス・J・シャンプ 著

ナチュラルスピリット

あなたが静寂と沈黙の美しさを知るならば
もはや世界の誰一人として、あなたに優ることはできない

目次

私が私を癒す

一人の孤独な男がいた。疲れ果て、恐怖と苦しみに抱きしめられ、身動きのできない男。男は、あるバーに入るとお酒を注文して、カウンターに腰掛けた。


バーの店主は言った。

「見ない顔だな、お前さんはどっから来て、これからどこへ行くんだい？」

彼は何も答えなかった。答えることができなかったのだ。

彼は、記憶喪失になっていた。


私は自分が誰か、わからない。何をしても、自分が誰かを知ることができない。


すると、店内に静かなピアノの音色が響き始めた。

店主は言った。

「この曲、大好きなんだよなあ。なんて言うの、こんな自分でも、受け入れてくれるっていうか、癒されるっていうか」


店主がふと男を見ると、彼は泣いていた。

Iemanja

悲しいからじゃない、苦しいからじゃない、怖いからじゃない。

なぜ、こんなにも心が平和なのに、涙がこぼれてくるのか？　ああ、なんて素晴らしい音楽だろう、私もこんなふうに、美しい音色を奏でることができたなら——。


彼は酒を飲まずに店を出た。

自分がどこからやって来て、どこに行くのかも知らない。でも、どうしてだろう？　今の私は、翼が生えたように自由を感じる。私は自由で、なんでもできる気がする——。


すると、店内から店主が出てきて、こう言った。

「おい！　ちゃんとお金を払えよ！」そして、続けた。「と言いたいところだが、なんだかお前さんからお金をもらう気にはなれん」

ほれ、と店主は一枚のレコードを差し出して、彼に言った。

「さっきの曲だ。お前さん、えらく感動してただろ？　これをやるよ、イエマンジャっていう人のレコードだ」

店主はレコードを手渡すと、黙って店内へと戻って行った。

「ねえ！」と声が聞こえた。

彼が振り向くと、そこには一人の女性が立っていた。

「ジョン」と彼女は言った。「今までどこに行ってたの？　みんな必死になって探してたんだよ、ねえ、わかってるの？」

彼は、何がなんだかわからなくて「え？」と答えた。

彼女はふと、彼の手元に目が行った。そして、尋ねた。

「ねえ、どうしちゃったの？　自分のレコードなんか持ち歩いて。明日、コンサートがあるのを忘れたの？」


もしも私が本を書き、そして死に、それから生まれ変わってその本に出逢うとしたら、そこで何が起こるのだろうか？

天使とドラゴン

かわいらしい天使が、手のひらに凶暴なドラゴンを乗せて遊んでいた。吐かれた炎で羽が燃やされ、真っ黒に焦げてしまっても、「キャハッ」と楽しそうに喜んでいた。

ある日、天使が主に言った。「ねえ、お父さん、ちょっと人間界に生まれてみてもいい？」

「はあ？」と友だちの天使がバカにした。「おいおい、正気かい？」

父である主は尋ねた。「突然、どうしたのだ？」

「そうだよ」と友だちが言葉を添えた。「なんでまた？　どうして？」

天使から理由を聞いた主は、願いに応じることにした。「その代わり」と主は言った。「この記憶を全て失い、生まれてから三つの約束を成し遂げるまでは、帰って来ることはできなくなるよ」

「うん」と天使は無邪気に答えた。

それから天使は人の子として生まれ、長い年月が過ぎた。

ジョナサンは、生きることに苦しんでいた。いったい、どうしたら心が平和になるのか、幸せになるのか、わからなかった。ジョナサンには天国の記憶がまったくなくなっていたので、どうすれば天国に行くことができるのか、わからなくなっていたし、天国というものが存在するということさえも完全に忘れ去っていた。

ジョナサンは必死に仕事を頑張っていた。いつも何かの目標を立て、それを達成するために努力をしていた。恋愛もそれなりに楽しんだのだけれど、いつも何かが違うと感じてしまって、結局、いつも恋人とは別れることになっていた。

それでも、気づくと寂しさや虚しさが込み上げてきて、欲望はあふれ返ってくるし、我慢しようと思っても、なかなかできるものじゃない。時には自暴自棄になって、欲望のままにお酒を飲んで、誰かれかまわずに不満をぶちまけ、文句を言い、愚痴を言い、そうして夜にはまた孤独になって、「いったい、どうしたらいいのだろう?」と苦悩するのだった。

見かねた友だちの天使が、その姿をあまりにもかわいそうに思い、ジョナサンを助けようかと悩んでいた。けれども主には、「決して助けてはいけない」と言われていた。それが主の優しさであることをわかっているつもりだったが、それでも心の中では「お父さん、助けてあげることは、悪いことではないよね?」と呟くのだった。

ある日の夕方、ジョナサンが疲れ果てて帰宅すると、郵便ポストに手紙が一通入っていた。
「また請求書？」と思った。「これじゃ、いくらお金があっても足りない」
ところが、その封筒の中身を見てみると、このような言葉が書かれていた。

三つの約束を果たせば、君は天国に住むことができる。

「え？」とジョナサンは思った。「三つの約束？」
「確かに！」と思った。その自信がどこからあふれたのかわからなかったが、すぐに直感で「これは間違いない」と感じた。

そうだ、確かにそうだ、わかる、なんとなくわかる、とジョナサンは何度も自分に言い聞かせるように呟いた。忘れないようにと、繰り返し唱える呪文のように。

でも、三つの約束って、何だろう？　いったい、どうしたら天国に住むことができるんだ？
ん？　とジョナサンに疑問が湧き起こった。今まで、天国には行くものだと思っていた。でも、住む？　天国に住む？　天国って、ここじゃないどこか他の場所にあるものじゃないのか？

for you

三つの約束を考えてみたのだけれど、まるで見当がつかなかった。それでも、とにかく三つのことをすればよいのだな、とはわかった。
その夜、ジョナサンの夢には天使が出てきた。かわいらしい姿の天使が。

その手のひらには凶暴なドラゴンが乗っていて、激しく炎を吐き出しては、あたりかまわず燃やしてばかりいた。けれども、その天使はそれが楽しくて、「キャハッ」と笑ってうれしそうにしている。自分の羽が燃えていても何にも気にしない、無邪気なかわいらしい天使。

「はっ!」と目が覚めた。「そうだ!」
そうだ、そうだ、そういうことだ、と繰り返した。

私は、これまでとはまったく逆の生き方をしなければならない——。

この考えが、いったいどこからやってきたのかジョナサンにはわからなかったが、確かに「これだ!」と思った。まるで記憶が蘇るような感覚になると同時に、これまでの人生を自然と振り返ることにもなった。

そう、私はいつも自分を満たそうとしてばかりいた。求めて、求めて、求めてばかりいた。いつも、何かを失ってしまうかのように感じてしまって、誰にも、何も与えたくはなかった。気づくと、いつも何かを欲しがっていたし、目にするもの、手にするもの、出会うもの全てを自分のものにしたいと無意識に思っていた。

でも、こんな生き方では幸せにはなれないと、もう十分にわかっていたのではないか? 私は本当に、何かを手に入れてきたのだろうか? 今この瞬間、いったい何が私を満たしているというのだろうか?

知識をたくさん蓄えてきたけれど、どれもこれも結局、幸せにはしてくれない、見せかけだけのガラクタ。知識には、どのような生命力も感じられない。だから、私はいつも渇望してばかりいた。

そう、もしかしたら私は、自分自身で自分を不幸にしていたのかもしれない。

そう、そう。私はいつも他人を裁いてばかりいた。お前は違う、お前は間違っていると、ずっと他人を責め続けてきたような気がする。でも、そんなふうに言うたびに、なんだか自分が怖くなっていた。なんだか、裁いている自分が裁かれているような気がしていた。そう、そう、そう。


でも、あと一つは何だろう？　あと一つは何？　これまでとまったく逆に生きるのに大切なこと、あと一つは何だろう？


すると突然、激しく雷が鳴って、空が真っ暗になった。ゴロゴロと鳴り響き、今にも真っ黒な闇が空から落ちてきそうだった。

「きっと、神様が怒っているに違いない。何かあったのだろうか？」とジョナサンは無意識に思った。

嵐のようなすさまじい強風が吹き荒れた。と、その時だった、気づくと目の前に巨大なドラゴンがいた。

「わ！」と思わずたじろぎ、ジョナサンは後退りした。そのドラゴンの目はギロリとしていて、いかにも凶暴そうで、今にも襲いかかってきそうだった。

「怖い！」とジョナサンは即座に反応した。

ドラゴンはギラギラとした鋭い目つきで、獲物を見つけたかのように、じっとジョナサンを睨みつけている。今にも口から炎を吐き出しそうだった。

けれどもその時、ふいに時が止まった。

「キャハッ」
澄み切った森林の香り。
優しく風が流れて、葉がザワザワと歌う。
生い茂った草がゆったりとなびいて、
姿の見えない何者かが通り過ぎたよう。
空は青い。ただそれだけ。
雲は白い。ただそれだけ。
輝く太陽から無数に、線状の光が地上に降り注いでいる。
大地はあるがまま。そう、あるがまま。

私は、自分を守る必要がない。
そう、そう、そう。私は、私自身を守らない。
私はこれまで自分自身を守ろうとしてきたけれど、
それが一番真逆なことだった。
ねえ、お父さん。思い出したよ。
私は、自分自身を守る必要がない――。

ふと目が覚めると、かわいらしい天使の頬をドラゴンがペロペロときれいに舐めていた。
天使はくすぐったそうに、「キャハッ」と無邪気に笑うのだった。

彼女と私と、もう一人の彼女

彼女のことは、気づいたらいつの間にか嫌いになっていて、その理由はたくさんあるのだけれど、でも一番嫌なのは、彼女の長くて黒い髪が、後ろで一本に束ねられているところ。私はそれが好きじゃない。どうしてだろうって考えたことがあるけど、自分でもわからなかった。

昔は仲が良かった、中学生の頃は。いつも男子たちが彼女をバカにするから、私は彼女を守ろうとしていたし、きっと、守っている自分が大好きだったのかもしれない。高校に入ると、彼女との距離を感じるようになって、どういうわけか大学も一緒になったのだけれど、もう話を交わすこともなくなった。

私はクラブによく行くし、飲み会もよくあるし、勉強よりもやっぱり遊ぶことが好き。大好き。私は自由奔放に楽しく生きているけれど、でも彼女を見ると、なぜか頭にきてしまう。なぜか、私は彼女が大嫌いなの。

最近の私はちょっとどこかおかしくて、自分でもそれがわかっている。クラブで遊んでいて、わいわいと賑やかにしているのに、ふとした瞬間、まったく音を感じない。みんなはお酒を片手に大声で笑っているけれど、でもそこには音がなくて、私だけが停止しているかのよう。ぽっかり。私自身が空洞になったみたいに、ぽっかり。自分に穴が空いたよう。

そうすると、突然、涙が出そうになってくる。

自分を嫌いだ、という人の気持ちがこれまでわからなかったけれど、なんだか今はよくわかるような気がする。そう、でも私はどこかでそれを認めたくはない。認めたくはないことを知っている。そう、私は抵抗しているのがわかる。

最近の私はちょっとどこかおかしくて、勉強しなくて大丈夫かな……とか、この先にいったい何があるのだろう……なんて、ふと考えてしまう。こんな私が自分の中にいるなんて、これまで知らなかった。

何をやっても楽しくない、なんて言う人のことを、ちょっと軽蔑するかのように思っていたけれど、なんだか私、今は……。

だから私は、彼女のことが本当に頭にきている。きっと、彼女のことを認めたくないのだ。

なんだか散歩に出かけたくなって、近くの公園に行ってみた。そこは震災の跡地のようで、燃えたものがあれこれ置かれていた。美術品のように。

これって、飾るもの？　災害を伝えるって、どういうことだろう？

おじいさんが、あまりかわいくもない犬を連れて散歩をしている。じっと見ていたら、だんだんその犬がかわいらしく思えてきた。なんだか私、やっぱり最近、ちょっとどこかおかしい。なんで、おじいさんが素敵に、愛らしく見えるのだろう？

ベンチに座ってふと溜め息をついたら、向こうのベンチに座っている彼女が見えた。あの長く一本に束ねられた髪、あの地味な格好、あの大人しそうな静かな感じ。

彼女はいつものように本を読んでいた。いつもと同じ。まったく同じ。何も変わっていない。ずっと前から、中学生の時からずっと変わっていない、あの感じ。

でも、どうしてだろう、今日は頭にこない。いつもならすぐに、なんだか苛立ってしまうのに。私は彼女が嫌いだ。嫌いだと思っていた。でも、どうして嫌いなのだろう？　彼女はただ静かに、いつものように本を読んでいるだけ。

何を読んでいるの？　勉強？　小説？　なんでそんなに読書が楽しいの？　もっと楽しいことはたくさんあるのに。

本当に？　って自分に問いかける。もっとたくさん……本当に楽しいことって、なんだろ

25　彼女と私と、もう一人の彼女

う？　私はもう今、何も楽しいとは思えない。
彼女はいったい何を読んでいるのだろう？　ずっと前から、ずっと静かに読書ばかり。私はそんな彼女が嫌い。そう思いながら青空を見上げた。

ねえ、神様って本当にいるの？
いったい、どんな言葉を話すの？
どんな格好をしていて、毎日何をしているの？
ねえ、奇跡って何だろう？
奇跡が起こるって、どういうこと？

なんだか私、今日はもっと変。どこか、いつもよりおかしい。だって、彼女に話しかけたくなっている。そう、私は彼女と話したいって思っている。

嫌いなのに？
本当は好きなのだろうか？
でもどこが？　何が？

人って、どうして理由を求めるのだろう?
どうして意味がないと安心できないの?

意味や理由がないと、何かをしちゃいけないって感じてしまう。意味や理由がないと、何もできないような気がしてしまう。

ねえ、神様、私はどんな意味があって、生きているの?
ねえ、神様、私はどんな理由があって、今ここに、こうして生きているの?
もしも奇跡というものが存在するなら、私は知りたい。
意味や理由が知りたい。ちゃんとした意味と理由が。

私は自分の好きなように生きてきたつもりだけど、そうしてきても、なんだか私は今、幸せじゃない。なんだか彼女よりずっと悲しく、ずっと寂しく思えてしまう。でも、彼女にはちゃんと意味と理由があって、彼女はその意味と理由をちゃんと理解して生きているように思えてしまう。そう、あのおじいさんも犬も。

彼女の少し丸まった背中が、なんだか今日は素敵。なんだかしっかりしている。
誰かが今の私の後ろ姿を見たら、どういうふうに見えるのだろう？
私の後ろ姿を見たら、ねえ、どう思うの？

そんなことを考えたら、もっと悲しくなってきた。涙が出てきそうになって、堪えたいけど、堪えたくない感じ。

私は彼女の背中に、いったい何を見ているのだろう？
あのおじいさんの背中に、何を感じているの？
私の後ろ姿を見て、あなたは何を感じるの？　私の背中に、何を見るの？

そう。そうかもしれない。私は彼女の後ろ姿を見ているのではなく、ただ自分の思いを見ているだけなのかもしれない。彼女のあの黒く、一本に長く束ねられたあの髪に、私自身の思いを見ているだけなのかもしれない。
彼女はずっと昔から何も変わらなくて、私はそれがとても大嫌いだった。守ってあげながら、「どうして変わらないの？」ってずっと思ってきた。私はこんなに変化してきたのに、私はこんなに成長してきたのに、って。あなたが全然変わらないから、私が必死にあなたを変えようと努力することになる。

でも神様、私、ちょっと気づいちゃったみたい。彼女のあの、ずっと変わらない髪型を見ていたら、私、やっとわかったみたい。

ぽっかり穴が空いていたんじゃない。全然、逆だった。心の中がたくさんの荷物でいっぱいになってた。

奇跡って、こういうこと?

ねえ、神様、私はこれから彼女に話しかけに行きたい。いらない荷物を全部ここに置いて、今すぐ話しかけに行きたい。

まやかしの霧

山頂に登るのが私の目標だったが、それは努力であって、努力には苦悩しかないことを知った。

それは、寒い冬の出来事だった。

私は登山が大好きで、いつも山頂を目指して山道を歩いていた。それは苦しみではなかった。少なくとも、苦しみだとは思っていなかった。いつも周囲には、「山頂に到達するのが楽しいわけではなくて、その道の全てが素晴らしいものだ」と得意げに伝えていた。


木々の間を抜けて歩くと、私は太陽を感じる。ひらけた場所では日陰を思う。空気の薄い場所では空気を思い、山頂では、はるか下に見える大地を思う。

山頂に登るのが私の目標であり、楽しみであり、けれども私は、そこに逃避というものが隠れていて、すなわち努力がそこにあって、それらは全て苦悩だということがわからなかった。


自分が楽しみであると信じていることを、どうして疑うことができるだろうか？


それは、寒い冬の日のことだった。

私はその日、初めて遭難した。私は何度も、「有り得ない」と繰り返した。なぜ、この私が

山で迷うことがあるのかと。体温はすぐに奪われていって、手足の先から痛みを覚え始めた。見渡す限り、どこもかしこも真っ白で、何も見えなかった。

私は身の危険を感じていた。「死」を思った。私は生きている。が、「死」のことで頭がいっぱいだった。


なぜ人は、死ぬのだろうか？

「生きる」とは何か？

自分が幸せだと思っていることを、どうして疑うことができるだろうか？

自分が当たり前だと思っていることを、どうして疑うことができるだろうか？


私は降り積もった雪の布団に、ドスンと崩れ落ちた。しん、としていると思った。氷のように冷たい強風が私の頬を刺し、やがて痛みすらも感じなくなっていった。何もかもが消えていく、そんな感じだ。

静けさよりも静かな、見えない大地に、名もない、大地とは言えない大地に、私は沈んでいく。悲しみも消え、苦しみも消え、目標や目的さえも無意味と化していった。

なぜ、私は山に登るのか？

本当に、登山は私の楽しみだったのだろうか？

私は何を求めていたのだろうか？

登山の中に、私は何を見ていたのだろうか？


どこからか、優しい風が吹いてきて、その温もりに包み込まれた。私は突然、平和と穏やかさを感じた。

それはあたかも霧が晴れて、陽光が満ち、全てが照らされて明らかになっていくような感じだった。どこにも疑問がなく、疑問の必要性も感じられない。目標や目的はなく、ゆえに努力や苦悩もどこにも存在していない。

それはあたかも湿った霧がカラリと晴れて、陽光が満ち、光に包まれていくような感じだった。


満ちている、そう思った。満たされている、そう思った。もしもその陽光に名を与えるなら、あるいは、その瞬間に名を与えるなら、私はそれを「愛」と呼びたい。寒い冬の日に、私はそんなふうに感じたのだった。

そしてその日は、私の中で永遠の一日となったのだ。なぜなら、〝私〟は肉体ではなく、それゆえ〝死ぬことがない〟ということを知ったのだから――。

つまるところ私は、今、このように書き記したいのだ。

努力と苦悩は、生きるために必要ない。生きようとして死ぬことこそ、努力であり、苦悩であると。

素直な人

素直な人がいた。彼は信仰心があつくて、小さな部屋の中に大きな祭壇を作り、そこに丸い鏡を置いて、毎朝、毎晩、熱心に拝んでいた。

「僕の顔が、消えますように」


ある日のこと、仕事場で同僚が彼に言った。

「君は、一人暮らしをしているんだっけ？」

「いえ」と素直な人は言った。「母と二人暮らしです」

「そうか、お父さんは？」

「僕が幼い頃、僕と母を置いて出て行きました。今はどこで何をしているのか、わかりません」

同僚は返答に困ったが、彼にこのように尋ねた。「何があったのかはわからないけれど、もしかして君はお父さんのことを憎んでいる？　恨んでいるの？」

すると素直な人は答えた。

「いいえ」

「どうして？」

「彼にも、彼なりの理由があったと思うのです。きっと辛くて、苦しくて、大変だったと思うからです。僕には、彼の選択を責めることはできません」

その夜、素直な人は笑顔で、祭壇の鏡に向かって祈りを捧げた。

「僕の顔が、消えますように」

ある日のこと、台風がやって来て、彼の家の屋根をきれいに吹き飛ばしてしまった。

「やれやれ、大変なことになったな」と近所のおじさんがやって来た。「本当に頭にくるな、この台風ってやつは」

すると素直な人は言った。

「天気にも、天気なりの事情というものがあると思うのです。僕の家は、自然の許可を取ってから、彼らの承諾をいただいてから、ここに建設されたわけではありません。だから僕には、自然に対して何も文句を言うことはできないのです」

近所のおじさんは、この子は頭がおかしいのかな、とばかりにポカンと見つめて、それから言った。

「君のお父さんは、とっても変わった人だったよ」

その夜もまた、素直な人は笑顔で、祭壇の鏡に向かって祈りを捧げた。

「僕の顔が、消えますように」

そうして、鏡に映る自分の顔を見つめるのだった。


ある日のこと、素直な人が地下鉄から出てくると、外国人の女の子が片言の日本語で、お菓子を売っていた。どうやら留学生で、生活費を稼ぐために自分でお菓子を作って、それを売っているようだった。

「五百円です」と女の子は言った。

すると素直な人は五百円を手渡して、お菓子を受け取らないで帰宅した。


家に帰ると、母が言った。今夜は何を食べようか、と。素直な人はこのように答えた。

「五百円あったら、何を食べることができる?」

すると母は答えた。

「それは、その人次第だよ。お金というものは神様が等しく与えてくださる。だから、いくら持っているかは重要ではなくて、その頂いたお金をどのように使うのか、何に使うのかだけが大切なことなんだよ」

「じゃあ、僕はお金を何に使うべきなんだろう？」

「さあ、それはお前次第だよ」

「仮に、僕が誰かに騙されていたとしても？」

「本当に誰かに騙される、ということがあり得ると思うかい？」

「というと？」

「大切なのは、自分がどのように在るべきか、ただそれだけなんだよ」

母はそのように答えると、すっと台所へ向かった。

「でも、どうして？」と彼は母の背中に向かって尋ねたが、その言葉は空気に溶けてしまった。


素直な人は、今夜もまた、いつものように祈りを捧げた。

「僕の顔が、消えますように」


ある日のこと、素直な人の夢の中に、神々しい光が現れた。そして、とても眩しくて見ることのできないその光から、声が聞こえたのだった。

「素直な人よ、お前は何を求めているのか？」

彼は答えた。

「僕の顔が、消えることを求めています」

「それはなぜか？」

「いつになっても、僕が素直になれないからです。何も映っていない状態の鏡を僕に見せてください。純粋な状態の鏡そのものを見てみたいのです」


するとと、間をおいて、その光は答えるのだった。

「素直な人よ、どうして自分は純粋ではないと思うのか？　なぜ、純粋さを求めるのか？」

「僕にはわかりません。なぜなら、僕は真実というものを未だに知らないからです。純粋だから、僕はその純粋さを求めるのですか？　それとも、僕が穢れていて不純だから、素直な本当の自分を見てみたいと願うのですか？　どうして僕は、自分の本当の顔が見たいと願うのでしょうか？」


光は沈黙した。

彼は、また祈りを捧げた。

「どうか、僕の顔が消えますように」

すると、どこからか母の声が聞こえた。

「大切なのは、鏡で何を見るのかではなく、自分がどのような顔をしているのかということだよ。それが、鏡に映るものを変えるのだから」

そうして、素直な人は、翌日から祈りを捧げるのを止めたのだった。

アロマテラピー

テペという、名も知られていない国の若者の話である。
ある満月の夜、彼は夢を見て、神からのお告げを聞いた。テペは翌朝目覚めると、両親にこのように告げた。「私はニポンという国の、トキョオーという場所に行かなければなりません。どうか、お許しをください」
彼は飛行機に乗り、ニポンに向かった。

彼はトキョオーに着くと、匂いのする場所を次々と訪れて、彼の暮らす国の秘宝と言われる薬草、そのエキスのことを説明し続けた。匂いのする場所では、様々な香りを放つ、若くてきれいな女性がていねいに対応してくれたのだが、誰も彼の話を信じる者はいなかった。

一日、二日、三日と歩き続けて、彼の足には痛みが走るようになった。そして、それは次第に激痛となった。四日目、彼が新しい匂いの場所に着くと、そのフロアに倒れるように座り込んだ。もう片足が限界だったのだ。

「どうかなさいましたか？」と香る女性が慌てて近寄り、心配そうに尋ねた。
「右足が、もう痛くて仕方ない」とテペは答えた。

「では、病院に行きましょう、歩けますか？」

テペは質問した。「病院とは何ですか？」

すると、彼女は答えた。「あなたのその足を治療するところです」

疑問に思ったテペが、再び尋ねた。「ここで、治療薬を売っているのではありませんか？」

店員の女性は、初めは意味がわからなかったが、ふと気づいてこのように答えた。

「アロマとは治療薬ではありませんよ」

その言葉を聞いて、テペはあることに気づいた。

私は秘宝を持っているのに、どうしてこの薬草を自分に使わなかったのだろう？

そこでテペは、すぐにその薬草のエキスを自分の右足に塗りつけた。よし、これですぐに完治するだろう、と思った。そしてまた、なぜこのような当たり前のことに今まで気づかなかったのだろう、自分はバカだ、と自分を責めるのだった。

その時、ふと彼の脳裏を一つの考えがよぎった。そうか、こうして実際に使ってみて効果を見せることで、この秘宝の存在を世界に伝えることができるのだ、神様の計画とは、このようなものだったのだ、と。

ところが、彼の右足はまったく良くはならなかった。痛みは増し、酷くなる一方だったのである。彼は寝泊まりしていた公園のベンチに戻り、これはいったいどういうことなのだろうと考え始めた。なぜなら、この秘宝の薬草のエキスを塗って完治しない病はないと、両親や村の住民たちから何度も聞かされていたからである。

にもかかわらず、実際に彼がこの薬草を自分自身に用いたことは、一度もなかった。なぜなら、彼の身体が痛くなり、悪くなることはこれまでなかったからだ。よく考えると、それは自分だけではないことを思い出すのだった。つまり、これまで秘宝と言い伝えられてきたこの薬草エキスを実際に用いた者は、村には誰もいなかったのである。

なぜ神様は、この私に、この秘宝を世界に伝えるように告げてきたのだろうか?

彼には疑念が浮かび、神からのお告げはただの幻だったのではないかと思うようになってきた。そして、もう故郷に帰ろう、と思うのだった。この薬草には、なんの力もない、だから、

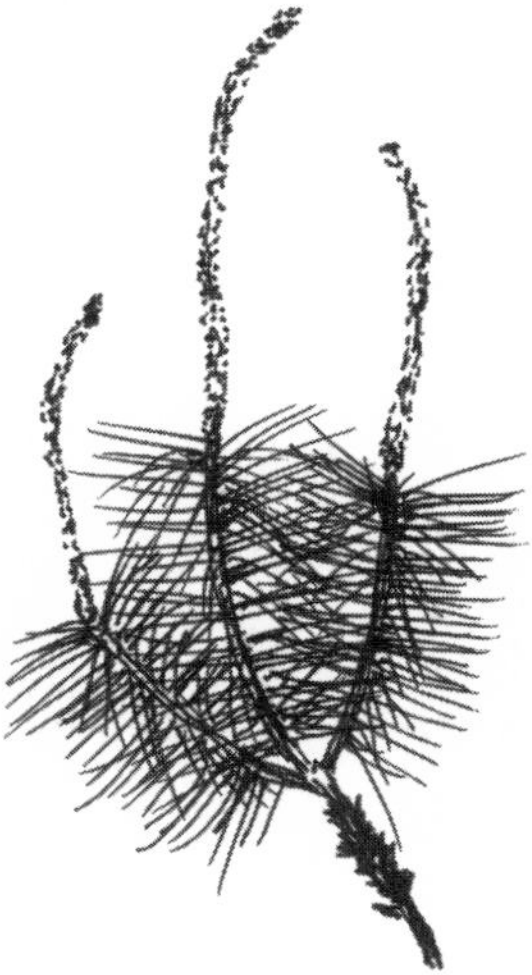

49　アロマテラピー

みんな私の話を信じなかったのだ、と。

村に帰る頃には、彼の右足の状態はもっと酷くなっていた。腫れ上がり、曲げることさえできず、片足を引きずるようにして歩いていた。村に帰ったテペに、村人たちがこのように尋ねてきた。

「トキョオーとはどういうところだった？　風は強いか？　動物たちは凶暴か？」

テペは言葉を忘れたかのように、ただじっと沈黙していた。その姿を見て、老人たちは口を揃えて子どもたちに伝えた。「この村を出てはいけない。あのようになってしまうから」と。

テペがニポンに行くことを、両親はもちろん、心の中では大反対だった。このような事態になることがわかっていたからである。だが、両親はこのこともわかっていた。息子の右足は、一週間もすれば完治する、と。

村に戻って来て、ちょうど一週間目の朝だった。テペが目覚めて起き上がると、右足は嘘のように完治していた。もう、痛みも腫れもない。

「嘘だ」と彼は疑った。「何が起こったのだ？」

テペは簡素な造りの家から出て、朝日を拝んだ。その日の朝日は、いつにも増して神々しく輝いており、まるで神の御手が自分に触れているようにさえ思えた。

目の前、一面に、大自然の力があふれている。その偉大なる神秘の息吹を、音のない沈黙の調べとともに感じた。犬と猫はお互いに寄り添って、まだ眠っている。無風の静かなる大地には、秘宝の香りが充満していた。

B
l
o
o
m

私はよく思うのです。私は完璧な人間ではありません。ですから、どうしてこの私が、彼らを変えることが可能なのか、と。どうして彼らを正すことができるのか、と。

完璧ではないこの私が、彼らを正そうとすれば、きっと彼らも不完全であり続けてしまうことでしょう。

でも、問題は次のことなのです。どうして私は、彼らを正そうと、変えてしまいたいと躍起になるのでしょうか？　それは、私が恐怖に怯えているからなのです。おわかりになりますか？


このように書かれた手紙を読んで、僕はしばしの間、ベッドに寝転んで、白い天井を見上げて考えてみた。けれど、なんだかつまらない。この手紙が言わんとしていることはわかる。きっと、そうなのに違いないとわかっている。

そこで僕は起き上がって、窓の外を覗いてみた。

僕は何のために生きているのだろうか？　今日はこれから、何をしようか？

携帯電話に手を伸ばしたけれど、自分が何を望んでいるのか、何を求めているのか、僕にはわかっていない。わかっていないのに、僕は携帯電話を手にして、あたかもそれ以外に選択肢がないかのように思い込んでいる。

でも、何がしたいのか、何を求めているのか、僕にはわかっていない。この自分が何者かさえもわかっていなくて、だから僕は、何者かになろうと必死に努力することになる。

だいぶ陽が高く昇ってきた。もうすぐお昼になってしまうけれど、僕は相変わらず、部屋の中。カーテンの内側に隠れるように過ごしている。太陽は毎日、眩しいけれど、僕には眩しすぎて、つい日陰を求めてしまう。

努力とは何だろうか？

僕は隠れることに対して、努力をしている。でも、努力しているとは思っていなくて、それが楽なのだと思い込んでいるようだ。

私はよく思うのです。恐怖とは何でしょうか？　なぜ、私たちはいつも逃げているのでしょうか？

考えてみてほしいのです。あらゆるドラマを。そこには必ず、逃げることがあり、立ち向かうことがあります。それゆえ、そこに勇気が必要になるのですが、私たちはこの勇気が何かをわかっていません。

勇気が欲しいと人は言いますが、それは恐怖に力を与えてしまうことに他ならないのではありませんか？　なぜなら、恐怖が存在しない時には勇気も存在していなくて、本当に恐怖を解決しようとする時にもまた、勇気という思いは必要ないからなのです。

今日、僕は外に出ようと思った。外の空気が吸いたい。それは決意という類いのものではなくて、どこかしら脱力感から生まれるもののようだ。

抱え続けている重荷を全部、この部屋に置いてしまって、どこかへ出かけて行きたい。もしも、神様がどこかにいるのなら、この荷物を預かってくれるだろうか？

玄関から出ると、すぐに心地よい風が僕の身体に触れて、またどこかへ流れて行った。少し生ぬるくて、それがなんだか、とても気持ちいい。

なぜ？　と思った。なぜ、僕はこれまで外に出なかったのだろう？　こんなに、こんなに簡単なことなのに。どこにも力が入っていなくて、つまりどこにも努力がなくて、勇気も必要がない。

そして、僕はこのように思ったのだ。

世界は、そして自分は、あまりにも滑稽で、あまりに単純にできている。

僕は咲いた。
今、咲いた。

花が咲くのに、なぜ勇気が必要なんだ？
なぜ、努力が必要なんだ？
なぜ、誰かの言葉が必要なんだ？

玄関のドアを閉めて、鍵をかけた。そして、僕はもう一度その鍵を開けて、それから、その場を立ち去った。
鍵なんか、どこかの海へ投げ捨ててしまいたいと思った。勇気を出して、ずっと遠くまで投げつけるのではなく、歩きながら自然に落ちるかのように。

僕は咲いた。
花びらが自然に開いた。
花びらが開くのに、どんな努力もいらない。

太陽は努力なく昇り、努力なく沈んでいく。

僕は、この世界の一部であり、全体だ。

そこにどんな努力も必要ない。


僕が歩いて、僕の香りが風に乗って行く。僕の香りはローズほど素晴らしいものではないけれど、でも、君にはこんなふうに伝えておきたいんだ。

「君が咲くと、君の香りは、世界でたった一つだけの香りになる」ってね。


さっき読んだ手紙は、机の上に置いてきた。でも、机じゃなかったかもしれない。どこに置いてきたかは、もう定かではない。けれど、そんなことはどうでもいい。

僕は咲いた。君が咲いている。ただ、それだけでいいんだ。


私はよく思うのです。実のところ、世界は本当に単純にできていて、そして私たち一人ひとりも、同じようにとても単純にできています。

あなたがこの手紙を読み、あなたの苦しみの毎日が終わることを心から願っています。ずっと家にこもり続けて、恐怖から逃避し続けている毎日を、どうか終わりにしてください。

私はよく思うのです。それは難しいことではないのに、どうしてあなたは、それをいつまでも難しいと言って、終わりにしないのかと。

それはとても単純なのです。おわかりになりますか？　そして、もしもまだわからないのなら、どうか、ただ玄関のドアを開けてみてください。そこにはどんな勇気も、努力も必要ないことを、自分自身で確かめるのです。そうしたら、どうか私に返事をください。

私はよく思うのです。そうすることで、本当に心を通わせることができるのだと。初めて、やり取りできるのだと。


歩き出して、僕は天高く光っている太陽を見つめた。


暖かい。眩しいけれど、僕には心地よい。

僕は、この温もりがあるから、咲くことができるんだ。

太陽は、いつでも無条件に光を与えてくれている。


僕は、こんなふうに、君に返事をしたいと思うのだ。

一家の宝物を持ち寄って

とある小さな田舎町の集会場で、三人の男たちが酒を飲み交わしながら話し合いをしていた。

「若い者たちが都会に出て行って、どんどんこの町からいなくなっている。どうすればいい？」

彼らは酒を胃に流し込んだ。タバコに火をつけて、気を紛らわす。

「どうしたらいいだろう？」

「何か、特産品を作るのはどうだ？」

「でも、何がある？　この町には、何もない」

彼らはまた、酒を流し込んだ。心の中のモヤモヤが、すっきりするようにと。

「何もないから、若い者は都会へと出て行くんだよ」

「都会には何がある？」

「この町にないものだ」


解決策が見つからない。そして、また酒を飲み干すのだった。

「じゃあ」と一人の男が提案した。「家にあるもので、これは宝物だというものを持ち寄ってみようじゃないか。そうすれば、若い者たちは、自分たちがどんなに幸せな環境にいるかが身に沁みるだろう」

「その通り」ともう一人が賛成した。「ここにいたら、どれだけ心豊かに暮らせるか……、それがわかれば、きっと誰も町を出て行かなくなるだろう」

翌週、彼らは自分の宝物を持参して集会場にやって来た。

一人は美味なるお酒を持って、一人は開かずの金庫を引きずって、一人は奥さんを連れて来た。

「これじゃ、ダメだ」と彼らは酒を胃に流し込んだ。気を紛らわすためにタバコを吸い、グラスにもっとお酒を注いだ。

「男たちはバカだ」と連れて来られた奥さんが言った。

「いや」と旦那が言う。「お前は俺の宝物だよ」

「バカ、そういうことじゃない」と奥さんは、笑いながらも怒った。

「じゃあ」と一人の男が提案した。「来週は、女たちも加えて話し合いをしよう」

翌週、三人の奥さんが宝物を持って集会場にやって来た。

一人は着物を持って、一人は預金通帳を持って、もう一人は手ぶらでやって来て、このように言った。「私の宝物は旦那だよ」

「バカ、そういうことじゃないと言ったのは、お前だろう?」と先週バカにされた旦那が仕返しをする。奥さんは笑った。「いいじゃないか、こういうのも」

残りの二組の夫婦が、「やれやれ、見てられないや」と酒をグラスに注いで飲む。それから、宴会になって終わった。「じゃあ、来週もまた飲もうじゃないか。話し合いが終わってないかなら」

翌週、男女六人の大人たちが集会場で酒を飲んでいた。

「どうしたらいい？」

「これじゃあ、解決方法が見つからない」

「都会にはなんでもあるからね」と一人の奥さんが言った時、「でも」とその旦那が口を挟んだ。

「都会にはなくて、この町だけに存在するものが、きっとあるんじゃないか？」

「きれいで、のどかな田舎の風景かい？」

「おお」と旦那が答える。「それは素晴らしい」

六人は酒を飲んで、男たちはタバコを吸った。

「どうしたらいい？　これじゃあ、解決方法が見つからない」

そこで、一人の奥さんが何かを思いついたように提案した。

「そうだ。若い子を連れて来て、若者たちの話を聞いてみようじゃないか」

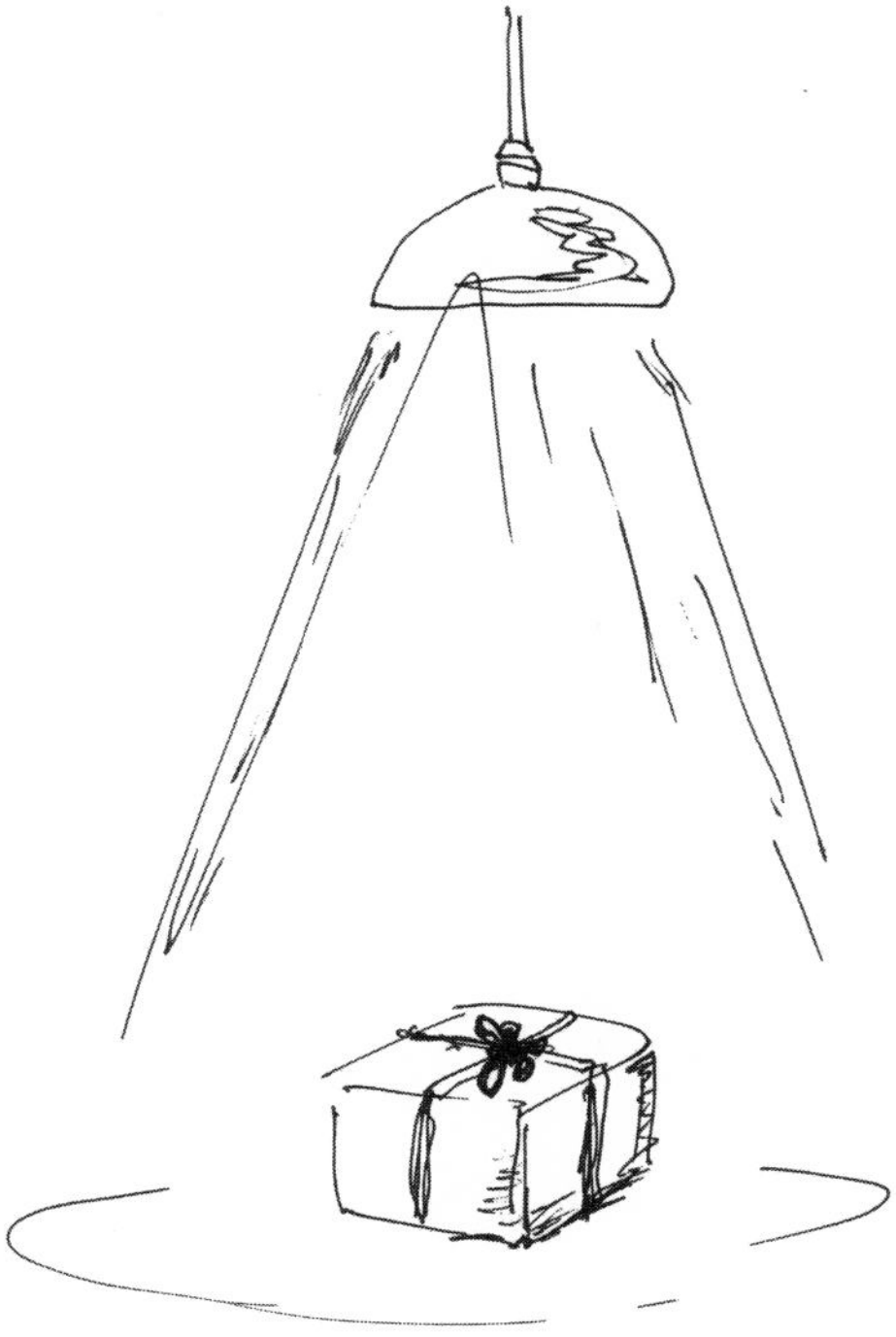

「そうだ、それがいい」と皆が賛成した。

翌週、二組の夫婦の一人息子と、一組の夫婦の一人娘の三人が新たにやって来た。三人とも手ぶらで、何も持って来なかった。一人の高校生の男の子が言った。

「田舎には何もない。だから高校を卒業したら、僕は都会に出て行くよ、大学に入るんだ」

もう一人の高校生の男の子も続けて言った。

「ここには就職先がない。だから卒業して、都会に出るつもりだよ」

最後に高校生の女の子が言った。

「ここには若い男の子も少ないし、好きなブランドを売っているお店もないし、遊ぶところもない。あるのはカラオケ屋と、いつも客のいない時代遅れの洋服屋と、一面の田んぼだけ」

「やれやれ、困ったものだ」と父親が言った。

すると、一人の奥さんが何かを思いついたようにこう言った。

「都会に出て行っても手に入れることができなくて、ここでしか手に入らないものは何だろう？　それがはっきりとわかれば、解決するんじゃないかい？」

「いや」と違う奥さんが意見を言った。「そもそも、都会にあるものが欲しくなって、みんなそこに向かうんじゃないのかい？　大学がここにあったら、ここにいるし、就職先がここにあったら、ここにいるし、流行りの洋服屋がここにあったら、わざわざ都会まで出て行くことはないだろうに」

皆、静かになった。解決方法が見つからない。どうすればいいのかわからない。

「ねえ」と高校生の女の子が大人たちに尋ねた。「今、みんなは幸せなの?」

大人たちはそれぞれ顔を見合わせて、誰かが何かを言い出すのを待った。大人たちが答える前に、高校生の男の子は疑問が浮かんだ。

「ねえ、そもそも、幸せってどういうことなの?」

大人たちは、しんとしていた。けれども、酒を口に運んでいく手の動きだけは止まらない。

一人の奥さんが皆に向かって言った。

「そうだね、幸せって何だろう?」

「不自由がないことさ」と旦那が答える。

「でも、不自由ってどういうこと?」と息子が尋ねた。

父は返答に困った。母も無言だ。

と、その時だった。地鳴りがして、集会場が大きく揺れた。ズンズンと下から持ち上げられ、時には左右に大きく揺れた。

「地震だ！」と誰かが騒いだ。「こりゃ大きいぞ！」

地震がおさまると、両親たちが我が子を心配した。「大丈夫かい？」

しばらくして、高校生の男の子が携帯電話を見ながら言った。

「やばいよ、都会じゃ、かなり大きな地震だったみたいだ。電車や地下鉄が大変なことになってる」

「あれま、それは大変だろうに」と母親が言った。

すると、酒を飲みながら一人の父親が言った。

「自然はどこにでもあるが、人工物はそうじゃない」

その奥さんが答える。

「便利さが、人を幸せにするわけじゃないからね」

娘は言った。「でも、田舎は不便だよ。欲しいものが、すぐに買えないし、すぐに手に入らない」

その子の母親が尋ねた。「あんたは何が欲しいんだい？」

「俺が言えることはだな」と父親が突然、口を挟んだ。「すぐに手に入らないもののほうが、ずっと価値があるってことだ」

そして、満足げにタバコを吸い、白い煙を鼻から出した。

別の父親も話に乗った。「そうだな、幸せはお金じゃ買えないからな」

「なんだい、それ！　酒飲むと、男たちはすぐにカッコつけるからやだよ」と一人の奥さんが苦笑いしながら口にした。

「そうだ、そうだ！」と女たちは盛り上がった。


「まあ」と一人の男が言った。「今日はもう、話し合いはやめだ。酒を飲んで、ジュースを飲んで終わりだ」

「解決策が見つかったの？」と息子が尋ねた。

「いや」と父親が答えた。「でも、人生とはそういうものだ。こうして話し合って、そして時間が過ぎて行く。それでいいんだ……」

男たちは一斉に新しいタバコに火をつけて、片手にグラスを持つと、酒を胃にぐいっと流し込んだのだった。

プトとキリ

大昔の話である。とある孤島に、プトとキリという男女が住んでいた。彼らの他には誰も住んでおらず、彼らは自由に暮らしていた。彼らは信仰心があつく、朝と夕には必ず神に祈りを捧げていた。

私たちがいつも一つであるように——。


ある日のこと、その孤島に、小さな船が辿り着いた。世界を旅している冒険家の男が、彼らのもとに現れて、それからこう尋ねた。

「ここはどこか?」

プトは答えた。「ここは神々の住む島。お前の来るところではない」

「では」と冒険家の男はやや不機嫌そうに言った。「君たちにはその権利があるのかね?」

するとキリが答えた。

「権利は、誰にでもある」

「誰にでもあるが」とプト。

「誰にでもあるわけではない」とキリ。

そう告げると、二人は冒険家に背を向けて、避けるように立ち去って行った。

その夜のこと、冒険家は焚き火に手のひらを当てて暖をとっていた。風は穏やかに吹いていたが肌寒く、深淵なる大海の波の音だけが聞こえていた。

ふと、殺気のようなものを感じて、冒険家はさっと振り向いた。そこには、誰もいなかった。ただ闇だけがあり、辺りはしんとしていた。彼は畏怖にも似た寒気を覚えたが、それが何かわからなかった。

翌日、冒険家の男は、再び彼らのもとへと訪れて、こう尋ねた。

「この島には、いったい何があるのだ？」

「何もない」とプト。「だが、全てがある」とキリ。

「よくわからないのだが」と男。

「わかるとか、わからないとか」とプト。「それは無知だ」とキリ。

そう答えると、二人は冒険家に背を向けて、この日も避けるように男から離れて行った。

その夜、冒険家はまた火を起こして、手のひらを当てていた。そして、夜が過ぎていった。眠っていると、ふと昨夜と同じように殺気を感じて目を覚ましたが、そこにはやはり誰もおらず、何もなかった。

ただ穏やかに風が吹いていて、深淵なる大海に、波の音だけが響いていた。闇よりも深い闇と静けさが、そこにあるようだった。男は昨夜と同じように畏怖にも似た寒気を感じたが、それでもそれを無視するように眠りについた。


翌日、男が島を散歩していると、とても美しい花が目に入った。見たこともない花だ、と彼は思った。これまで彼はずっと世界を旅してきたのだが、初めて見る花だった。

この花の名前は、なんというのだろう？

この花の色は、なんという色だろう？

赤でも青でもなく、白くもなく黄でも緑でもない。

虹色のようで、透明でもある、色とは言えない色だ。

その花を摘んではいけない――。

どこからか、そんな声が聞こえてきたようだったが、彼はそれを無視して、その花を摘んだ。

自然に手が伸びて、摘むことから避けられないように。

摘んではいけない。それと知りながら、私は摘む。
手を伸ばして触れてはいけない。それと知りながら、私は手を伸ばす。
深淵な大海に足を踏み入れてはいけない。それと知りながら、私は歩いて行く。
そして私は溺れてしまうのだが、そこに私の救いがあると思い込んでいるのだ。

名もなく色もない花を手にしながら歩いていると、なぜか、すぐにここから出発しなければならないような気になってきた。突然、何かに迫られるような感覚。何から逃げたいと思ったのか、わからない。

けれども、確かに、男は何かから逃げなければならないような気持ちになった。一刻も早く、この孤島を出なければならない、と。

男は、彼らのもとへ急いだ。なぜ、急いでいるのかもわからなかった。なぜ、彼らのもとへ行かなければならないのかもわからない。
男が彼らのもとに行くと、プトの姿だけがあって、キリの姿はどこにも見当たらなかった。いつも一緒だったのにと男は思った。なぜ、彼だけしかいないのだ？　女はどこへ消えた？　いつも一緒だったのに。

プトの前に男が辿り着くと、彼が来るのを待っていたかのようにプトが言った。

「なぜ、その花を摘んだのか？」

「え？」と男は驚いた。

「なぜ、そのようなことをするのか？」


男はなんだか恐ろしくなってきて、言い訳するように答えた。

「私はもう帰る。この島から出る。別れを言いに来ただけだ」そう伝えて、そそくさと背を向けて逃げるように船に向かった。

「私は何もしていない。私は何も悪いことはしていない。なぜ、逃げるのだ？」そのように呟きながら、男は逃げた。何から逃げているのかもわからずに。


慌てて船を出し、しばらくしてふと振り向いて岸辺を見ると、船と、冒険家の背中を見つめているプトの姿があった。キリはいなかった。

男はまた恐ろしくなった。彼らはいったい何者なのだ？　この島はいったい何なのだ？　という思いが繰り返し駆け巡るのだった。彼女がいない、と男は繰り返し呟いた。そして同時に、なぜ彼が私を見つめているのかと考え、そしてまたその思いが自らに恐怖をもたらすのだった。

見送りではない。彼は、私に対して何かを訴えている、と思った。私がいったい何をしたというのか？　私は何もしていない。

男は視線を戻して、手に持った色のない美しい花を見た。すると、その時だった。その花が突然、キリの顔に見えたのである。

キリは言った。

「あなたは何を手にしたのか？」

男は驚き、怯え、慌ててその花を放り投げた。花は、ちょうど吹いた風に乗って、大海へと舞い落ち、そして溶けるように消えていった。

男は、何が起こったのかわからず、その答えを求めるかのように再び振り向いてプトを見た。するとそこには、プトとキリがこちらを見て立ち尽くしていた。


何も言葉が出てこなかった。

答えを求めて振り向いたのに、疑問は消えていた。


大きな波が、船を揺らした。そして、男は思った。

私はここにやって来たのだが、どこか、ここから追放され、出発するかのようだ。ここに住んでいたわけではない。けれども、どこか、ここが故郷であって、その故郷から投げ出されたかのようだ。悲しみが私の内であふれている。

大きな波が、また船を揺らした。

私は追放され、これからどこへ行くのか？　なぜ私はここにやって来て、ここから追放されなければならないのか？　どうして、孤島に戻りたい、一からやり直したいと思うのか？　なぜ、彼らは何も言わないのか？　彼らが何も言わないことで、私が罪を感じるのはなぜか？

岸辺を見ると、プトとキリの姿はもう、どこにも見当たらなかった。

私はやって来て、戻るはずなのに。私はやって来て、ただ帰るだけなのに。どういうわけか、これから私はあてのない旅に、さ迷い出るかのように感じられる。

すると雷が鳴って、雨が降り注ぎ、彼らは皆、もとの生活に戻ったのであった。

未来図

図書館でその本のタイトルを目にした時、彼女にはそれが運命だと感じられた。手に取り、ペラペラとめくってみて、「私はこの本を読むことになっている」と思った。間違いない、と。家に帰って、お湯を沸かしてお気に入りのハーブティーの封を切る。マグカップを棚から取り出して、椅子に腰掛けた。準備は整った。心の準備も万全だ。

その本は、彼女の未来について書かれていた。

数日後、のちに結婚することになる男性と恋に落ちた。彼女が電車で本を読んでいると、彼が声をかけてきたのだ。

「その本を、僕も持っています」

「え？」

それが始まりの合図だった。

彼はメガネをかけた大人しい人で、けれども心の中は、彼女が驚くほど遊び心に満ちている。彼といる時間は、いつも夢の国に入り込んだように楽しくて、ワクワクする。心が踊るとはこういうことで、彼と手をつないで散歩する足取りはいつも、ステップを踏むように軽快だった。

「自分が一歩、足を運ぶたびに、花が咲いてゆくのをイメージしてごらん」と彼は言った。

彼女が目を閉じて、ゆっくりと歩く。

「その後ろから」と彼は言った。「僕がその花を摘んでいく。君が咲かせた花をね」

結婚して、子どもができて、揺りかごに揺られるように、二人もまた幸せだった。安らかな子どもの寝顔を見ていると、自分たちも幸せになって、互いに見つめ合うとキスを交わした。

「この子は誰とキスをすることになるだろう？」と彼が言った。

「さあ、わからないわ」と彼女が答える。「でも、それが誰であっても、この子が好きになった人なら、きっと素敵な人」

「僕と君と、どっちが先に、孫にキスするだろう？」

「そんな先のことまで考えているの？」

「想像には、限りがないだろう？」

彼はどこにでもいる営業のサラリーマンだったけれど、それが彼女は好きだった。彼は、どこにでもいそうな人。けれども、自分だけが、彼の心がどれほど素晴らしいかを知っている。自分だけが知る秘密を持っているようで、それが愛おしさをもたらすのだった。

子どもが生まれて、庭に一本の桜の木を植えて、その木に子どもの名前をつけた。一緒に成長するようにと。

二人めの子が生まれて、今度は庭に一本の梅の木を植えた。二人めの子どもの名前をつけて、丈夫に育つようにと祈りを込めた。

「動物をたくさん飼って、子どもたちの動物園を作ろう」と彼は言った。

「そんなことができるの？」

「もちろん、この世界に不可能という文字はないよ」

そんな彼と、ずっと一緒にいたい。そして、実際に過ごしている毎日が、本当に楽しくて幸せだ。

おじいさんとおばあさんになっても、二人はとても仲が良かった。夢を見ることを忘れなかった。二人の子どもたちがそれぞれ結婚して、それぞれの家庭を持って、初めての孫ができた時、どちらが先に抱きかかえてキスをするかで、お互い譲れなくてじゃれあった。歳を重ねても、私たちは出逢った時のまま——。

そんな物語が、この本に書かれていた。


本を読み終えた時には、深夜になっていた。マグカップは空っぽで、お菓子の袋も空っぽで、それでも心はうれしさで満たされていた。私にはこのような未来が待っていると思うと、彼女は明日がやって来るのが楽しみでたまらなかった。

数日後、彼女が電車に乗っていると、ふと気になる男性を見かけた。メガネをかけていて、

スーツを着ていて、何か本を読んでいるようだった。その男性が電車を降りると、彼女はその後を追った。きっと、彼だ。彼に違いない。

彼女は、その男性の背中を追いかけながら思った。

「あの本では、本を読んでいる私に、彼から声をかけてくることになっていた。こんな展開など、書かれていなかった。でも、きっと彼に違いない。絶対に彼だ。私は彼を知っている」

ところが、その男性は突然振り向くと、こう告げた。

「やめてくれませんか。もしかしてストーカーですか？」

うそ……。本当に？

ショックだった。

彼女は通勤電車の中で、いつも同じ本を読んでいた。図書館には返さなかった。なぜなら、まだ運命の出逢いが起こっていなかったから。

彼女はずっと信じていた。電車に揺られ、この本を読んでいる時に、絶対に彼から声をかけられる、その時が必ずやってくる、と。

けれども、いつになってもその時は訪れなかった。

彼女は、歳を重ねておばあさんになった。それでも、自分の未来が書かれた本を持って、毎日電車に乗っていた。

どこからが夢物語で、どこからが現実かわからなくなっていた。本を読みながら座り、どこに向かっているわけでもなく、ただ山手線に揺られて、回転木馬のようにぐるぐると同じ駅を通過しているだけだった。

そんなある日、彼女に一人のおじいさんが声をかけてきた。

「その本を、僕も持っています」

「え?」

彼は、その本を抱えていた。彼女が持っている、自分の未来が描かれた本。世界に、たった二冊しか存在していない本。

「遅いわ」と彼女は文句を言った。「どうして早く見つけてくれなかったの?」

彼は、じっと黙ったままだった。

「これじゃあ」と彼女は文句を続けた。「子どもの顔も見ることができない。どっちが先に孫にキスするかで、喧嘩することもできない」

彼は静かに彼女の隣の席に座り、杖を持つ手を休めた。

この山手線を走る電車の窓から、どれだけの時間、同じ景色を眺めてきたことか。彼女はそう思った。私は人生を、この本を読むことだけに費やしてきた。窓から見えるこの景色を、何も見てこなかった。私が見てきたのは、この本の中の文字という景色だけ。

彼は皺だらけの自分の手を、そっと彼女の膝の上に置いてから、優しく言った。

「でも、ここからの物語は、本には何も書かれていないよ」

電車を降りて、二人は本をゴミ箱に捨てた。

彼は彼女の手を握りしめて言った。

「本を持っていると、手をしっかりとつなぐこともできないしね」

二人は手をつなぎ、もう片方の手で、杖をついて歩いて行った。

ありきたりの、ほんの些細な出来事

誰かを、何かを、批判するのが大好きな親がいた。その親から、同じような子が生まれた。その子はいつも、「俺は正しいことをしている」と思って疑わなかった。

ある日、いつものように、その男の子は誰かを批判していた。「君は間違っている」と。すると、その意見に賛成した女の子がやって来て、男の子に言った。

「私もあなたと同じように思うわ。あなたの考えに賛成よ。だから、きっと私たちはとても相性が良いと思うの」

そうして、彼らは付き合うようになった。

そして、また批判するのが大好きな子どもが生まれた。

ある日、その子どもが悪さをしていると、父親が叱った。

「お前はダメだ、何もわかっていない」

ところが、母親は違った。

「大丈夫、誰にでも間違いはあるわ、きっと、何も悪気などなかったのでしょう?」

子どもは、泣きべそをかきながら母親の胸に飛び込んだ。そこは、子どもにとっては唯一の逃げ場所になっていた。

その夜、母親は父親に告げた。

「あなた、あまりあの子を叱らないでください。かわいそうです」

ところが父親は自身の考えを譲ろうとはしなかった。

「お前は、何もわかっていない。俺が正しいのだ」

「いえ」と母親も抵抗した。「私のほうが正しいわ」


その様子をこっそりと見ていた子どもが、翌朝には家出をしていた。母は泣き崩れ、父は罪悪感を覚えることになった。

「あなたのせいよ」と母は言った。

「いや、お前が甘やかすからだ」と、後ろめたさを感じながらも父は言葉を返した。


子どもは、駅の前で躊躇していた。この電車に乗ったら、もしかしたらもう戻ることができないかもしれない、と。

すると、様子がおかしいとばかりに駅員が近づいて来て、その子どもに尋ねた。

「ボクは、どこから来たの？　迷子になったのかい？　お父さんとお母さんは？」

その子どもは答えた。

「ねえ、おじさん。おじさんは、お父さんとお母さんが大好きだった？」

間を置いて、駅員は答えた。

「大好きでも、大嫌いでもなかったよ。誰にでも、良いところと悪いところがあってね。でもボク、きっとボクも、お父さんからもお母さんからも愛されているんだよ。それがわかるかな？」


子どもは、子どもなりによく考えてみた。はっきりと答えが出てくるわけではなかったけれど、一つの答えが浮かんできたので、子どもはこのように言った。

「愛っていうのが何か、僕はわからないけど、きっとお父さんは僕のことが嫌いで、お母さんは僕のことが大好きなんだよ。で、僕はどうすればいいの？」

駅員は返答に困った。どう答えてよいのやら、思いつかない。そこで、質問することにした。

「どうして、お父さんはボクのことが嫌いだって思うのかな？」

「だって、いつも僕を叱るからだよ」

「何か、悪いことでもしたのかい？」

「わからない。僕はいつも、僕のしたいことをしているだけなんだけど、それはダメだって言われるんだ」

「そうか、じゃあきっと、ダメなことをしているのかもね」

「じゃあ、僕はダメな子どもなの？　ダメな子どもは、どうすればいいの？　叱るお父さんはダメな大人じゃないの？」

「なんでだい？」

「だって、僕が嫌な気分になるからだよ。いつもお父さんのせいで、嫌な気分になるんだ。だから、お父さんが悪いんじゃないの？　それとも、僕だけが悪いの？」

駅員は、なんだかわからないけれど胸が急に苦しくなってきて、どうしようもなくなってきた。

「そうだな、ボクは悪い子じゃないよ。だから、とりあえず、あっちのおじさんたちの部屋に行って話をしようか？」

すると、子どもは突然、逃げるように走り去って行った。


大人たちは、僕をどうしようとしているのだろう？　と急に不安になったのだった。

家では、いつもお父さんとお母さんが僕のことで喧嘩をしていて、僕は、僕のせいで喧嘩になっていることがちゃんとわかっている。だからきっと、僕が悪いんだろうけれど、でも僕は、いったいどうすればいいのか全然わからない。

僕は毎晩、「僕のせいだ、僕が悪い」って思うんだけど、どこかで、その想いから抜け出したい。でも、いったいどこに行ったら、この想いから逃げることができるんだろう？

お父さんとお母さんから離れれば大丈夫だと思ったけれど、どこにでも、お父さんとお母さんのような大人たちがいるように思える。僕は、いったいどこに逃げればいいの？


すると、パトカーの音が聞こえて、警官が駆け寄ってきた。

「おい、ボク。大丈夫かい？」

子どもはとても恐ろしくなってきて、泣き出してしまった。

「僕は、悪くない。悪いことは何もしてないよ。悪いのは、きっと僕じゃないんだ」

警官はとても心配そうに子どもを抱きかかえたが、子どもはこのように言うのだった。

「おじさんたちの仕事は、悪い人をこうして捕まえることなんでしょう？　だって、良い人を捕まえる必要なんてないんだから」

すると警官はどこかで罪悪感を覚えるのだった。

私たちは、何も悪くない。でも、どうしてこんな気持ちになってしまうのか？　本当の救いとは、いったいどこに存在しているのだろうか、と。

そこで、警官は子どもに言った。

「ねえ、ボク。ボクは、何も悪くないよ、何も悪いことはしていないんだ」

それは、自分自身に言い聞かせているようでもあった。

HERMES

二頭の馬がいました。その馬たちの性格は正反対で、いつも対立して争っていました。

「私のほうが、素晴らしい」

「いや、私のほうが、素晴らしい」

その二頭の馬の手綱を、一人の従者《タイガー》が握っていました。そのタイガーは、いつもその馬たちに文句を言っていました。

「なぜ、俺の言う通りに動かないのだ？　お前たちは間違っている」


ある日、その馬車が道を走っていると、通りすがりに一人の老人に出逢いました。

「こんにちは」とその老人は言いました。

「やあ、こんにちは」とタイガーは答えました。

「どこに向かっているのかな？」とその老人が尋ねると、「いや、それがね、俺にもよくわからないんだよ」とタイガーは答えました。


そこで、老人はまた尋ねました。

「ご主人は？」

「ああ、主人は後ろで眠ってる」

老人が後ろの四輪馬車《デュック》を見ると、そこには誰も乗っていません。デュックの前で手綱を握っているタイガーは、老人に尋ねました。

「俺は重い荷物《リュック》を背負った旅人だ。あっちには何がある？　こっちには何がある？　俺を満足させるものはどこにある？」

老人は答えました。

「どこに行っても同じだよ、〝私〟しかいない」

ヒヒィーンと馬が鳴いたので、タイガーが制しました。

「おいおい、あんまり暴れるんじゃないよ。お前たちが暴れると、俺が苦しむだけなんだから」

そこで、老人が尋ねました。

「でも、この二頭の馬たちを操っているのは、お前さんじゃないのかい？　この二頭の馬たちには、何の罪も責任もない。お前さんが利用しているだけだ」

そこでタイガーが馬たちを見ると、馬たちはしんとして、大人しくしていました。

老人は尋ねました。

「ご主人を、どこに連れていくつもりだい？」

タイガーは答えました。

「さあ、俺にもわからない。俺は好きなように生きる。俺は自由なんだ。俺はいつでもどこでも暴れて、腹が減ったらそこらへんのシマウマやウサギやキリンや鳥や、まあ、何でも食べるし眠りたくなったら眠る。あっちに興味があればあっちに行くし、こっちに興味があればこっちに行く。

でも、俺がなんでここにいるのか、俺にもわからない。なあ、お前さん、俺がどっちに行くべきか、教えてくれよ」


「ん?」と老人は違和感を覚えました。そこで言いました。

「なあ、お前さん、そこに座っていないで、ちょっとそこから降りてみなよ。ずっと乗り物に乗ってばかりいないで、ちょっと降りて、現実をよく見てみなよ」

タイガーが地に足をつけると、その姿はあっという間に虎になりました。そして、ガルルル……と警戒するように老人を睨みつけたのです。

と、その瞬間でした。


あっという間にその虎は、魔法にでもかけられたように、あるいは魔法が解けたように、一枚の敷布になってしまいました。そしてその上に、今まで見たこともない人物が座っていたのです。

そして、その人物は言いました。

「やれやれ、私が眠ると、ろくなことがない」

気づけば、馬車もなく、手綱も何もかも消えていました。乗り物は、どこにも存在などしていませんでした。

馬たちが、静かに草を食んでいます。見ると、老人の姿は、どこにも見当たりません。

虎の敷布に座っている人物が、静かに目を閉じました。

光があり、音があり、愛があり、生命があり——。
光があるのに光なく、音があるのに音なく、愛があるのに愛なく、生命があるのに生命なく、
そして、何もないように思えるのに、それらの全てが在りました。
目覚めた主人は、それから居眠りすることがありませんでした。いつも平和で幸せな、愛の国が、そこに在ったのです。

ノンノンとニャンニャンとニャンネスと

あるところにニャンネスを求める、かわいらしいメスのニャンコがいた。毛並みは白く柔らかで、けれどもお尻のあたりだけは真っ黒なニャンコだった。

彼女はお魚を食べることが嫌で、いつも雑草ばかり食べて痩せていた。友だちからは、ニャンネスとはただの現実逃避だ、と言われてバカにされ、時には暴力さえ受けることもあった。

ある朝、彼女はいつものように川の浅瀬で沐浴を済ませて、それから山に入った。すると、そこに一人の青年と一匹の飼い犬がいて、野草を摘んでいるのに気づいた。

ニャンコは、その青年をうらやましそうに眺めた。なぜなら、自分も人間になりたいと思っていたからだ。


それは、ずっと昔のことだった。まだ子どもだった頃、彼女は一度、川で溺れそうになったことがあった。その時に助けてくれたのが、人間の年老いたおじいさんだった。

そのおじいさんは彼女にこのように伝えた。

「生まれ変わったら、人間になりなさい。そして、この苦しみだらけの世界から解脱するのだよ」と。


それからというもの、彼女は人間に生まれ変わる方法を探究することになったのだが、そこで知ったのは、生まれ変わりというものは夢でしかない、ということだった。

けれども、同時に彼女が知ったのは、ニャンネスという状態になれば、全ての全てと一つになることができる、そしてそれは、あのおじいさんが話していた解脱という状態と全く同じだということだった。

その日からというもの、ニャンコは来る日も来る日も、丸い背中を伸ばして瞑想していたのだった。


「お、君は猫ちゃんかい？」と突然、声が降ってきた。見上げると、青年がかがんで自分を覗き込んでいる。

「名前は？」

「ニャンニャン」と彼女は咄嗟に答えた。

「おお、ニャンニャンか、そのままだな」と青年は笑みをこぼした。

すると、「ワン！」と青年の飼い犬が吠えた。

「シャー！」とニャンコは威嚇したが、その犬は怒っているのではなかった。けれども犬が「ワン！」と吠えると、「シャー！」と彼女は、何かに抵抗するように威嚇するのだった。

「ノンノン、ニャンニャン」と青年は犬と猫に向かって言った。「お前たちは本当は一つなんだ、これから仲良くしよう、いいかい？」

彼女は、「一つ」という言葉に惹かれて、この青年について行きたいと思った。そしてノンノンを見つめると、彼もまた、ついて来い、と言うのだった。

彼らは一つ屋根の下で一緒に暮らすことになった。

「ワン！」とノンノンが吠えると、なぜか、そのたびに「シャー！」とニャンコが爪を出して抵抗する。「違う！」とでも訴えるように。

けれども彼らはとても仲良しで、いつも一緒に行動していた。

ある日、青年は彼女に尋ねた。

「なぜいつも〝シャー！〟と言うのだ？　ニャンニャンはノンノンのことが嫌いなのか？」

するとニャンコは背中を向けて、離れて行くのだった。

それでも彼らはみな、いつもぴったりとくっついて、抱き合うように寄り添って眠り、一緒に食事を摂り、青年が仕事の時もほとんど一緒だった。バラバラに行動する時もあるけれど、心の中ではいつでもつながっているようだった。

朝早くにニャンコは独りで川に浸かって沐浴をし、それから茂みに隠れるようにして瞑想をして、そうしてから朝食を摂りに青年の家に帰るのだった。

彼女にとって何より大切なのは、ニャンネスという状態に至ること、ただそれだけだった。「一つであること」を極めることが、彼女にとっての最大の望みだったのである。

その日、瞑想状態から抜け出ると、かなり時間が経過していることに気づいた。もうだいぶ陽が高く昇っていて、お昼近いことは明らかだった。

彼女が家に帰ると、青年とノンノンの姿はどこにもなかった。きっと、野草を摘みに山に入ったのだ、と思った。

出逢ってから、これほど長い時間、バラバラに過ごしたことは一度もなかった。すぐに後を追って山に行きたい、とも思ったのだが、「まあ、今日はいいか」と彼女は考えた。

そして、いつもの定位置である出窓に向かって歩き出した。そこで外の景色を眺めるのが大好きだったからだ。

が、その時だった。突然、彼女の右足に激痛が走った。

「痛いっ！」彼女の毛は逆立った。「何？」

ところが別段、表面的には右足に何かが起こっているわけではない。それでも、右足が痛くて仕方ない。

すると今度は、首の付け根に、同じように激痛が走った。「痛っ！」

次の瞬間、彼女の脳裏に一つのイメージが現れ、心臓がぎゅっと締め付けられるように苦しくなった。

「まずい」と彼女は思った。そして、痛みをこらえながらも、すぐさま家を飛び出した。


ニャンコがいつもの野草摘みの場所に到着すると、青年とノンノンが繁茂した雑草の布団の中で静かに横たわっていた。ノンノンの右足から、そして青年の首元から、大量の鮮血が流れ出ていて、雑草たちが赤黒く濡れている。

彼女は、すでに青年が息をしていないことがわかった。そして、ノンノンのほうを見た。生きていてほしい、と。


「……熊だ」とノンノンは力なく告げた。弱く、ほとんど息そのもののような声色で。

「大丈夫？」と彼女は寄り添った。

「お前は来なくてよかった。お前まで、やられるところだった」

「あなたの痛みがわかる。あなたの優しさも」と彼女は言った。「私たちは、一つだから」

「……だが」とノンノンは静かに告げた。「あの熊もまた、俺たちと一つだということが、まだわかっていない」

「わかってる。だから、心が痛い」

あまりにも青く透き通った晴天の中で、絵に描いたような真っ白い雲が静かに流れていた。

片足を引きずった犬が、楽しそうに「ワン！」と吠えて、その横で白と黒の二色の毛並みの猫が「シャー！」と抵抗する。「違う、そうじゃない！」とでも言うように。

そして、それから彼女はまた笑う、「ニャンネス、ニャンネス」と歌いながら。

そこに青年の姿はなかった。犬と猫がゆったりと、大地を踏みしめて歩いている。

「ワンネス！」と犬が吠え、「いや、ニャンネス！」と猫が反論する。そして二匹は、また仲良く戯れるのだった。

別々でもいい、だって本当は一つだから。

姿かたちがバラバラでもいい、本当は一つだから。

攻撃して、攻撃されてもいい、だって、本当は一つだから。

「お前は復讐したいか?」とノンノンは尋ねた。

「まさか」とニャンコは答えた。

「どうして?」

「だって」と彼女は答えた。「攻撃されるのは、また私だから」

そう言って、彼女は左手をノンノンに見せた。その左手の爪は、ひどく剥がれていて、まるで何かを引っ掻いた後のようだった。

彼女は静かに告げた。

「誰かを傷つける私は、もっと心が痛い」

薄暗い路地にて

悪ガキというよりも不良という呼び名がしっくりとくる、制服姿の男子学生が三人歩いていた。薄っぺらな、鞄の役割を果たしていないものを脇に抱えながら。

彼らは一人の青年の後をつけていた。密かにというよりも、バレても問題がないという感じで。

学生服姿のその青年は、後ろを気にすることもなく、本を読みながら、同時に、昨夜に雨が降ってできた水溜りを避けるために、時々ちらちらと前方を確認しながら歩いていた。

すると目の前で、自転車に乗った少女が転んでしまい、膝を擦りむいたようだった。車が突然、飛び出してきて、少女は驚きのあまり転倒したのだった。

「大丈夫？」と青年は駆け寄った。「膝を怪我したのかい？」

「私が悪いの」とその少女は言った。膝から血が出ているが、大した怪我ではなさそうだ。

青年は言った。

「自分が悪いと思ってはいけないよ。でも、相手が悪いわけでもない」

彼は、手のひらをそっと少女の膝に当てた。驚きのあまり、少女の目は点になった。みるみるうちに、怪我がすっかりと消えていったからだ。

青年はニコリと微笑むと、すっと立ち上がって、その場から去って行った。少女には、言葉がなかった。

その様子を見ていた不良たち三人が、お互いの顔を見合わせた。どこか決意のようなものを新たにして、お互いそれぞれ確認し合い、それからまた青年の後をつけて行った。

人通りのほとんどない路地に差しかかった時、「おい」と青年に声がかけられた。振り向くが早いか、青年は二人の男に両腕を掴まれ、そのまま薄暗い路地に連れて行かれた。持っていた本が、手のひらから落ちて、地面の水溜りで濡れた。

「お前か、噂の奴は」とリーダーのような男が言った。

「ケンちゃん、間違いないよ、こいつだ、みんなからキリストって呼ばれてる」と仲間が口添えをした。

「一年生のくせに」ともう一人の学生が言った。「生意気なんだよ」

もちろん、キリストと呼ばれているのは、半ば冗談でもあった。けれども、彼が様々な奇跡を起こして、同じクラスのみんなを助けていることは、もはや学年を飛び越えて噂になっていた。

いきなり、リーダーの男が、その青年の顔を殴った。

「ケンちゃん！」と思わず仲間が言った。予想外だったのだろう。

「ざまあみろ」ともう一人が言った。「ケンジ、俺にも殴らせてくれよ」と続けると、彼もまた青年の顔を殴った。

「アキちゃん！」と仲間が言った。あまりに急展開だと思ったのだ。

「いいぞ、アキオ」とケンジが褒めた。それから言った。「おい、タカシ、お前も一発ぶん殴れよ」

けれども、タカシはためらった。心のどこかでは、殴るべきではない。殴ってはいけないと強く思っていた。

「おい、タカシ、どうした？」とケンジが、早くやれ、と念押しをする。

だが、タカシの体は動かなかった。むしろ硬直してしまい、恐怖を覚えていた。

「じゃあ、俺がやるよ」と口を出して、アキオがまた殴る。

青年は鼻血を出していて、唇も切れていた。けれども、その青年は抵抗して騒ぐことはなかった。ただ殴られるがままにされている。

リーダーのケンジが殴り、アキオも続けて殴り、それから二人はタカシを見て「どうした？お前も早くやれ！」という目つきで睨みつけるのだった。

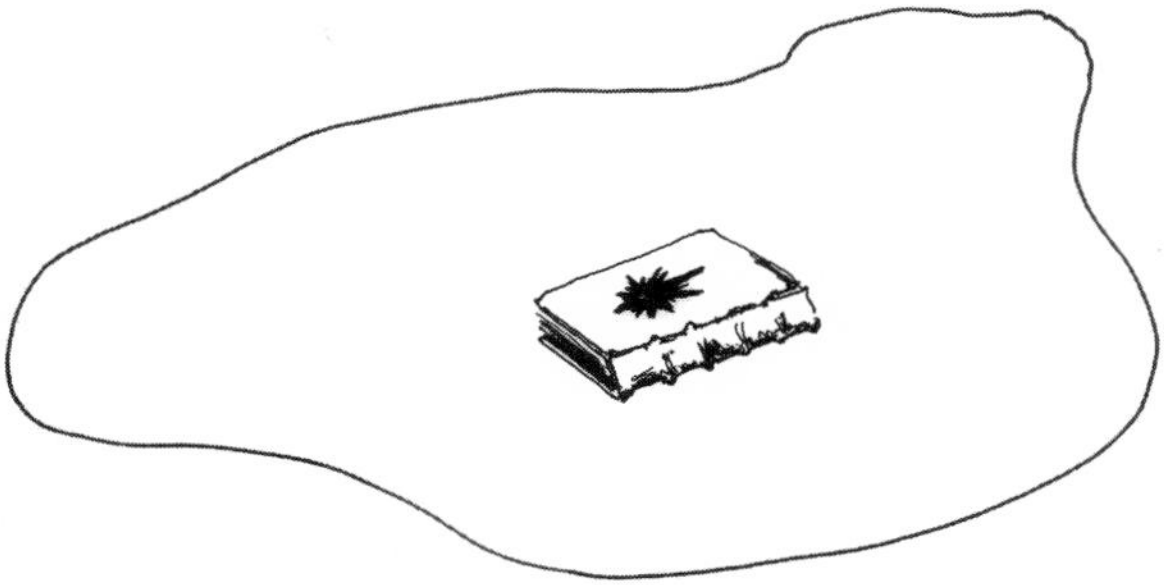

117　薄暗い路地にて

その時、「やめて！」と声が聞こえた。甲高い、か細い声だった。不良たち三人が慌てて振り向くと、一人の幼い少女が立って、こちらを見ていた。

三人は驚きのあまり、一瞬言葉を失った。それからケンジが呟いた。「なんだ、驚かせやがって」

「ガキが」とアキオも続けて言った。

二人は安心した。何も問題はない、大丈夫だと思った。タカシもまた安心したが、その安心感は二人とは異なっていた。


「もう、そろそろ今日はやめよう」とタカシは言った。

リーダーのケンジがタカシを厳しい目つきで睨む。「は？」と言わんばかりに。

「ケンちゃん、こいつは、前から臆病なんだ」とアキオが言う。「どうしてケンちゃんは、こいつを連れて歩くんだ？」

だが、ケンジはそれに対して返答はしなかった。

少女が歩いてきて、青年を背にして彼らの前に立ちはだかった。両手を精一杯に広げて、「もう、止めて」と言いながら、不良たちを睨みつけた。

「さっきの、自転車のガキだ」とアキオが言った。

少女は、ガタガタと震えていた。不良たちの誰もが、それに気づいた。少女はとても怖がっていて、今にも泣き出しそうだったが、懸命に訴えた。

「誰も悪くない。誰も悪い人はいない」

それを聞いたアキオが嘲笑って、バカにした。

「おいおい、こいつは頭がおかしいよ、俺らよりも頭が悪いんじゃないのか？　これじゃあ、俺らの学校にも入れないぜ」

だが、ケンジとタカシはじっと黙ったままだった。笑えなかった。その様子を見て、アキオが少しだけ冷静になる。

「ケンジ、どうした？　人が来る前に、もっとやってしまおうよ」

けれども、どうしたことか、リーダーの男はもうやる気を失っていた。

「おい、ケンジ！」とアキオが怒鳴った。苛立ちを隠せなかったのだ。

それでもケンジは無言のまま立ち尽くした。タカシは、何が起きたのだろう、と不思議に思った。いつもなら、先陣を切って動き出すのに。

アキオは我慢ならず、ついに意を決して言った。

「おいケンジ、前から思ってたんだ、お前は根性がねえ、お前が俺に指図するのが俺は前から好きじゃなかったんだ、なんで俺がお前に従わなきゃならねえんだ？」

アキオは感情を爆発させた。もう自分でも抑えることができなかった。

「おい、なんなら俺がお前よりも強いってことを、今ここで証明してやるぜ」

そう告げると、アキオはケンジに殴りかかろうとした。と、その時だった。

「やめろ！」と咄嗟にタカシは言って、アキオの前に立ちはだかった。

「ケンちゃんは俺の親友だ、昔からの仲間だ、ケンちゃんには手を出させねえぞ」

アキオは驚いて、呆然とした。少女もまた驚いていた。そして、ケンジもまた同じ心境だった。

薄暗い路地はしんとして、鎮まり返った。

アキオは、どうすれば良いのかわからなかったが、気づいた時にはもう歩き出していた。彼らを背にして、その場から立ち去ったものの、ムカつき、腹が立ち、どうしようもない苛立ちがあふれていた。

それを、どうすることもできなかった。だが、どこかで、諦めるしかないとわかっていたのだ。

アキオの背中を見送って、ケンジとタカシはお互い顔を見合わせたが、言葉が何も出てこなかった。

そんな二人の間を、殴られた青年がすっと通り過ぎて行った。少女に礼を言うこともなく、不良たちに何かを言うこともなく、ただ、何事もなかったように歩いて行った。

本が、水溜りに浸かって濡れている。青年は屈んで、その本を手に取った。

すると、どうだろう、その本からは新品のような香りがして、どこも濡れてはいなかった。ほんの少しも、濡れてなどいなかった。

ルシファーの声

サタンの頭《かしら》であるルシファーは、人をそそのかすのが大好きで、すきあらば誘惑して、天国から遠ざけようとしていた。

「私が主を愛していたように、人間どもは主を愛せるだろうか？」

ルシファーが手下の悪魔に尋ねると、その一人が答えた。

「お頭、それはどう考えても無理でございます。あなたほど、主を愛した方はいないでしょう」

「もちろんだ」とルシファーは言った。「だから、私は人を愛することができない」

「お頭」と別の手下が言った。

「昨日、人間界を巡回しておりましたら、たった一人、やけに主を礼拝する者がいました。しかも、皆の前では無口で静かながら、自宅に帰ってから、たった一人でひっそりと礼拝するのでございます」

「なんだと？」とルシファーは眉間に皺をよせた。「そいつは、放ってはおけない」

「ええ」と手下が答える。「あいつは危険です。他の誰よりも天国に近づこうとしていますから」

ふむ、とルシファーは腕組みをして考えた。どうやって、彼を陥れよう。その険しい面持ちを見て、手下たちはワクワクしながら言葉を待った。

その男の名は、シャルダンと言った。三十後半の平凡な男で、掃除屋に勤務していた。いつも頼まれたこと以上に掃除をして家をきれいにするので、依頼した誰からも愛され、慕われるのだった。

「彼に仕事を頼めば、心まできれいにしてくれるようだ」と噂されるくらいだった。


ある日、彼がいつものように依頼者の家をきれいにしていると、掃除機は壊れるわ、箒《ほうき》の柄は折れてしまうわ、急にゴキブリが現れて動き回るわで、次々と厄介な出来事に見舞われた。けれども彼は冷静で、嫌気がさすこともなく、平穏なまま仕事をこなすのだった。

その夜、悪魔たちは会議を開くことにした。

「まずい！」とルシファーは焦りを募らせた。「あいつは大バカ者で、純粋すぎる。人間らしさがまったくない」

「ええ」と手下が同意する。「あいつは頭がおかしいのです。なぜ頭にこないのか、なぜ怒らないのか、私には理解できません」

「厄介だ」とルシファーは手下らに言った。「何か別な方法を考えることにしよう」


ある日、いつものように仕事をしていると、その家の未亡人がシャルダンに近づいて来て、そっと告げた。

「あなたのことは、ずっと前から気になっていました。あなたほど素晴らしい方は、この世にいません」

けれども、彼はにこりと微笑んで、そんなことはありません、と返答するだけだった。彼は掃除を続けようとしたが、未亡人はそれを許さなかった。

「私は早くに夫を亡くして、それからずっと独りきりで暮らしています。ベッドはいつも広くて、その広さが私の心を虚しくさせるのです」

彼女は彼の手を握った。

「わかりますか？　夫に先立たれ、たった独り、孤独に生きる者の気持ちが」

「ええ」と彼は答えた。「でも、あなたは独りではありません。私たちは皆、一つの家族ですから」

彼は、未亡人の心を傷つけないように、そっと手を振り払った。

「大丈夫です。主は、いつもあなたとともに在るのですから」と付け加えた。


未亡人は、シャルダンの話をまるで聞いていないように、ブラウスのボタンに手をかけて、次々とボタンを外していった。

「あなたのことが、ずっと前から好きだったのです」と彼女は言った。

けれども、シャルダンはボタンを外す彼女の手に触れ、その行為を止めてから伝えた。

「このようなことを始めても、孤独が満たされることはありません。孤独とは、体の触れ合いでは解決できないのです」

シャルダンは、「また来週、掃除の続きをしに参ります」と言って部屋から出て行った。

「まずい！」とルシファーは新たな会議の場で言った。「これはまずい！」

「ええ」と手下の悪魔が言う。「これでは天国に行ってしまいます」

「厄介です、お頭」と別な手下も言った。

「ああ、厄介だ」とルシファー。「これはまずいことになった」

ルシファーが考え込んでいると、手下の一人が言った。

「もしかしたら、あいつはあなたと同じくらいに主を愛しているのではありませんか？」

とたんにルシファーは怒り出して、地獄の会議室が炎で熱く燃え上がった。

「地獄よりも恐ろしい場所をお前たちは知っているか？」とルシファーは一堂に集った悪魔たちに聞いた。

「わ、わかりません」と悪魔たちは震え上がった。

ルシファーはほくそ笑みながら言った。「こいつを連れて行け！」

すると意見を言った者は、すぐに二人の悪魔に両脇を抱えられてどこかへ連れて行かれた。

「悪魔が、悪魔に連れて行かれるとは」と手下の一人が思わず呟いた。

「地獄よりも恐ろしい場所とは、どこだろう？」と悪魔たちが、ひそひそと話し合った。

それを耳にしたルシファーは強い口調で言った。

「耳があるなら、よく聞け。自分が存在しなくなるということが、どれほど恐ろしいことか。地獄に生きているだけで、お前たちは幸せなのだ」

「おお」と歓声が上がった。「私たちの主よ、唯一のお頭よ、あなたを崇めます」

そう言って、手下らはルシファーを拝んでひれ伏した。


「主役は、たった一人しかいない」とルシファーは続けて言った。「他の誰も、私と同じであってはならない。私は、他の愚かな人間どもとは違うのだ」

手下の子分たちは、ルシファーの機嫌を取ろうと次々に発言した。

「ええ、そうです。ええ、あなたが一番です。あなたに優る者など、どこにもおりません。ましてや人間があなたに優るなど、あり得るはずがありません。あなたは暁の明星、もっとも神に愛された偉大なる天使。どこを探しても、あなたほどの神の使いはおりません」

「よし！」とルシファーは決意した。

ある夜、いつものようにシャルダンは礼拝をしていた。質素な祭壇にある蝋燭の炎はきれいに燃えて、そのほのかな灯が神聖さをもたらしていた。

「主よ」と彼は言った。「全てが御心のままにありますように」

すると突然、眩い光が室内に広がった。そのあまりの眩しさに彼は目を覆った。

「シャルダンよ」と光が告げた。「お前は、どうしてそこまで私を愛するのか？」

彼は答えた。

「主よ、それは、私があなたの息子だからです」

「いや」と光は言った。「お前は、何か見返りを求めている」

シャルダンは驚いて、自らの心を顧みた。

ルシファーは、心の中で思っていた。いいえ、と言え。私は何も見返りなど求めていないと言うのだ。

けれども、シャルダンはこのように返答した。

「その通りでございます。あなたのおっしゃる通りでございます。あなたは全てをお見通しの方。私には、何も口答えすることができません」

ルシファーは意表を突かれたが、まあ、それでもいいと思った。

「やはりそうか」とルシファーは言った。「お前は罪深き者。欲望の虜。お前は私の元には来られないだろう」

ルシファーは、ほくそ笑みながら思った。さあ、しがみつけ、私に懇願しろ、どうか罪を許してくださいと願え。

ところが、彼はこのように返答した。

「たとえ何万年でも、私はあなたのために働きましょう。私は天国に入ることを望んでいるのではなくて、あなたのこの世界のために働きたいのです。

どうか、何億万年でもずっと、あなたのために働かせてください。私はあなたの子羊で、私の仕事はあなたに仕えることなのです。どうして、あなたの御国で休むことなどできましょう？」

なんだと！　とルシファーは憤怒した。

この愚か者め、天国を拒み、私の恩恵を退けるつもりか！　こいつは本当に大バカ者だ！

すると、そこに青白いもう一つの光が現れた。

「ルシファーよ」とその光は言った。「お前の国ではお前が主人かもしれないが、お前の国など、実際はどこにもない」

「ミカエルか」とルシファーは言った。「どうしてここに?」

「シャルダンは主に愛される者。主が愛する者と、私もともにいる」

ルシファーは抵抗して、反論した。

「バカめ、この男がどれだけ罪を愛しているのか、わからないのか?」

「この男にはどこにも罪などない」

すぐさまルシファーはミカエルを嘲笑うように、こう持ちかけた。

「そうか。なら、試してみよう」


とたんに、シャルダンの身体が痩せ細っていき、肌にはボツボツと腫れ物が出現していった。

ルシファーは彼の心の中に入り込んで、そっと囁いた。

「これは癌だ、私は病気で、もう治ることもない。神はなんと無慈悲なのだろう。これほど神を愛して礼拝してきたのに、その見返りが病だなんて。

もう、私は神を信じない。神を愛しても無駄だ。無意味だ。主をいくら礼拝しても、この世界で幸せになることなど、できやしない」

シャルダンはもがき、苦しみ始めた。葛藤が次々と湧き起こり、止めどもなくあふれてくる。

「ルシファーよ」とミカエルは言った。「こんなことまでするとは。主がお許しになるとでも思っているのか？」

「主は、私を愛している。他のどの天使よりも。私は主のために毎日仕事をしているのだ。愚かな人間どもの信仰心を、もっと高めるためにな」

と、その時だった。

「主よ」とシャルダンは言った。

シャルダンの心を支配しようとしていたルシファーは、とたんに彼の心から追い出されてしまった。ルシファーは再び彼の心の中に侵入しようとしたが、もう遅かった。いくら風が吹いても、彼のハートの炎が揺らぐことはない。

シャルダンは祈りを続けた。

「私の仕事は掃除でございます。まだ、心の中に油断というものがあって、今夜、光が灯されたことで、闇の中に隠れていたその埃を見つけることができました。私はサタンに感謝しなければならないでしょう」

「なんだと！」とルシファーが吠えた。「まずい！　それはまずい！　どうして感謝など！」

「サタンよ」とシャルダンは話しかけた。

「現れてくれて、ありがとう。私は精一杯の愛で、あなたを心から愛しましょう。ただ愛だけが、存在するように」

とたんに、全てが神々しい光と愛に包まれた。

「兄弟よ、主がその御手を差し出された」とミカエルがルシファーに告げた。

「お前の罪は、彼によって許された。さあ、一緒に帰ろう。罪という幻想が始まる前の、原初の地に」

音楽家の主人

その昔、世に名を残さなかった音楽家がいた。彼が生涯、世間から音楽家と呼ばれることはなかった。

幼い頃から絶対音感があると自覚していて、あたり構わず叩いて、その音を聴くのが好きだった。その行為が度が過ぎて、周囲の人たちから、彼の頭の中にはおかしな生物が住んでいると言われるようになった。

「おかしな生物？」

「そう、寄生虫のようなもので、脳みそを食べられているのだ」

人々は噂をして楽しんでいた。

父親は厳格な人で、息子をまともな仕事につかせるにはどうすればいいかと悩んだ。誰に相談しても、「医者に連れて行くことだ」と言われてしまう。ところが母親は、息子の才能を知っていた。彼には何か、天才的な能力があって、いずれこの世界のために役立つ日が来るだろうと信じて疑わなかった。

息子が寝静まったと思われる頃、毎晩、薄暗いテーブルを挟んで罵声が飛ぶようになった。意見が噛み合うことはなく、いつも喧嘩別れのようになった。やがて、本当に別れる時が訪れて、離婚した。

母親は、絶対に息子は手放さないと決めた。ところが父親は、あっさりと親権を譲り、息子との面会も望むことがなかった。

貧しさとは愛のないことだ、と母親は思うのだった。聖書を片手に、毎晩のようにお祈りをするようになり、「神よ、息子に救いを」と瞳を潤ませた。

彼女にとって、息子は重荷ではなかったけれど、だからといって、どのように息子を育て、教育すればいいのか見当もつかない。毎晩、蝋燭の炎が尽きるまで、彼女は神に助けを求めるのだった。


さまざまな教育を受けるうち、彼は音楽の才能を見出された。教師は、「彼には音楽の才能があります。しかも、それは相当なもの。きっと、偉大な音楽家になるでしょう」と母親に伝えた。

希望が湧いてきて、母親からは笑みがこぼれるようになった。苦労してお金を稼ぎ、息子にさまざまな教育を受けさせたことは間違いではなかった。ところが、息子はこのように言った。

「どうして、音楽を作る必要がありますか？」

それは、母親にとっては思ってもみない考えだった。

「わざわざ作曲などする必要はありません。すでに、音楽は流れているのです」

理解できずに、母親は音楽の教師に相談した。すると、彼からも、思ってもみないセリフが返ってきた。

「きっと、彼は天才なのです。この世界で生きることは、天才には難しい」

ますます理解ができなくなった。何を言わんとしているのか、わからない。どうして、そのようにして息子を見放すのか。彼には素晴らしい才能があるはずなのに。

やがて、母親は病になり、働けなくなった。息子は義務教育を終えていたが、毎日のように街から遠ざかっては自然の中に分け入り、樹々の音や川の音、時には海まで出かけて行って、それらの音に酔いしれるばかりだった。

「人工物の音は、どこか不調和なのです」と彼は母に伝えるのだが、母親にはその意味がわからない。やがて、母親もまた、息子の頭はどこかおかしいのかもしれないと思うようになってきた。働こうともしない。自分で何かを始めたり、作り出そうともしない。彼は常識ある人のように生きていない、と考えるようになってしまった。

そんなある日、彼は一人の女性を見かけて恋に落ちた。母親に花束でも買って帰ろうと思って、花屋に寄ったのが事の起こりだった。

その女性は言った。

「お客様は、どのような色の花がお好きですか？　香りは？」

「色？」と彼は聞き返した。「香り？」

「ええ、色と香りです。花には何種類もの色と香りがありますから」

彼は少しだけ考えてから、こう言った。

「私は色とか香りのことはよくわからないのです。でも、音のことならわかります。どの花が、どのような音を響かせているのかが」

なんですって？　と女性は驚いた。花々に音があるなんて、聞いたこともない。動揺しながらも興味が湧いてきて、彼女は尋ねることにした。

「では、この薔薇からは、どのような音がしますか？」

彼はおもむろに、声を出した。たった一音の響きが、店内の隅々まで満たすように広がった。彼女は魔法にでもかかったように、その音色に心を奪われた。どういうわけか、そこに薔薇の香りを感じた。そこで、先を急ぐように続けて尋ねた。

「では、薔薇とかすみ草、菊、……えっと、それから」

慌てながら、小さな花束を作ると、聞いたこともない旋律とその響きが、彼女の心をさらに虜にした。

彼は歌を歌っていた。これまで聴いたこともない音楽だった。

「その歌は何？」と思わず聞くと、彼はあっさりと答えた。

「この花束が奏でる音楽です」

「その歌が、この花束から流れているとでも言うの？」

「ええ、もちろん」

彼女は、半ば言葉を失っていた。彼は、いったい何者なの？

彼女は手にしていた簡素な花束をテーブルの上に置き、それから店内を見渡すと、次々に花を手に取っていった。

「何をしているの？」と彼が聞いても、何も答えずに作業を続ける。

そして、大きな花束が出来上がった。どのような絵画にも見ることのできない鮮やかな色彩とその香りに、彼女はうっとりし、こう言った。素晴らしいものができた、と。

その花束をていねいに包み、リボンで飾り付けをすると、その芸術作品を彼にそっと差し出して、メッセージカードを添えるように、微笑みながら言った。

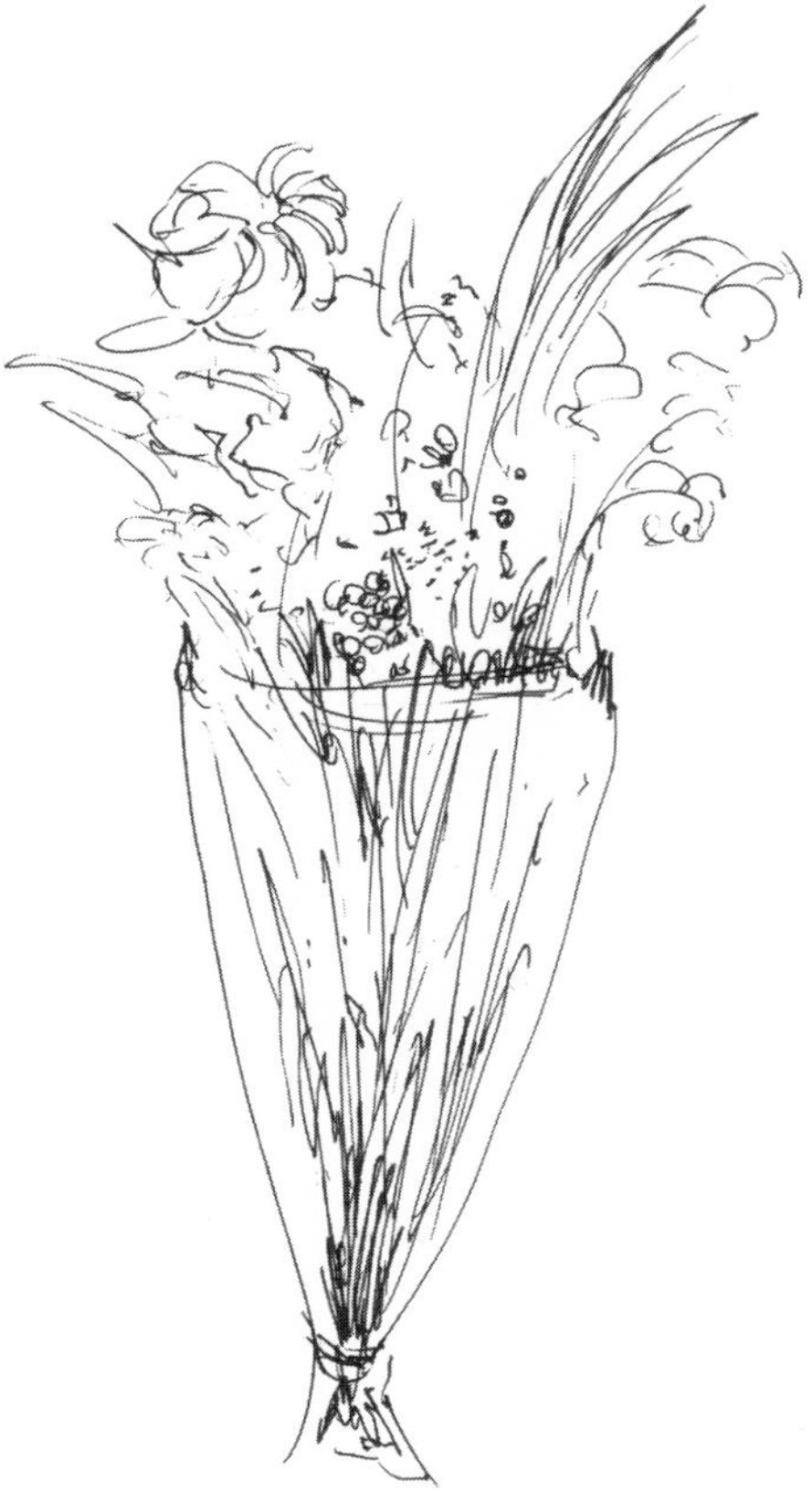

「この音楽はどうかしら？」

彼もまた、微笑んで言った。「オーケストラの幻想曲みたいだ」

「本当に？」

「花は嘘をつかないよ。そして僕は、その花の音楽をそのまま聴いているだけだ」

「ねえ」と彼女は尋ねた。「この音楽に、あなたが題名をつけるとしたら？」

彼は、じっと耳を澄ました。やがて、目も閉じて、時が止まったようだった。


花々の咲き乱れる大草原に、緩やかな風が吹いている。シルクのドレスをなびかせて、彼女が花々の香りにうっとりとしている。

シマウマとライオンが寄り添って眠り、鳥たちは木の枝で休息する。薄紫色の蝶が彼女に近づき、天使の光輪のように円を描いて揺らめいている。

彼女が微笑むだけで、花のつぼみもすぐに花開いていく――。


彼は目を開けた。

「僕には歌を歌うことはできるけれど、題名をつけることはできないよ」

「そう思う！」と彼女ははしゃいだ。「花束と音楽に、題名をつけるなんて」

彼から自然に笑みがこぼれ、彼女は自然とこう誘った。

「ねえ、これから一緒に食事でもどうかしら？　もうお店を閉める時間なの」

彼は喜んで応えた。

「なら、僕に色や香りのことを教えてほしい」

「ええ、もちろん。私はあなたの歌を聴きたいわ」

「僕の歌じゃないよ、君が作曲した音楽なんだ」

彼は彼女の作曲した幻想曲を歌った。二人が大草原の風に吹かれて踊っているかのような曲だった。


二人は付き合うことになり、やがて結婚した。

彼は、音楽家として生きることはなく、その生涯を、花屋の主人として終えた。

その昔、世に名を残さなかった音楽家がいた。晩年の彼の口癖はこのようなものだった。

「演奏会は、どこでも開かれている。けれども、時々は作曲するのも悪くはない。それを僕は妻から学んだ。

妻は音を聞いていないのに、音を表現できたのだ。僕は誰よりも妻を尊敬している」

ある日、店に訪れた客が主人に尋ねた。

「あなたの作曲した音楽は、どこで聴けますか？」

彼はニコリとして答えるのだった。

「それはもう、枯れてしまって、きっと土に返っているさ」そして続けた。「それとも、今から食卓に飾るかい？」

プルートに抱かれて

昔からこの森には死の神が住んでいると言われていた。もう亡くなってしまった伯父や叔母も、みんなこの森の奥で消えていったと両親から聞かされた。

僕が初めに興味を持ったのは、十五、六の頃だっただろうか。この森の奥には何があるのだろうと思って、母に聞いてみたけれど、絶対に森に入ってはいけないよ、と言われた。

大学生になった時、同じ学年の女の子が一人、自殺をして、きっとプルートに取り憑かれたのだ、と誰かが噂した。

プルートとは、死の神の名前。彼女は昔から神秘的な物事に惹かれていて、いつも不思議なことばかり話しては、みんなに毛嫌いされていた。でも僕は、少しだけその話がいつも気になって、あるいは、彼女自体のことが気になっていたのかもしれない。

彼女と夏休みに偶然道でばったりと出会った時、彼女はこう言った。

「正しい人間であることは、とても危険なこと」

僕は驚いたけれど、彼女の場合、そういった言葉は比較的いつものことだった。だから僕は、驚きを隠せなかったけれど、それでも同時に、とても興味を持つことになった。というのも、彼女の言うことは、いつもどこかで「はっ」とさせられる内容だったから。

でも、彼女の言うところの本当の意味はいつもわからなくて、わからないけれども、それから先の具体的なことまでは聞こうとも思わなかった。
僕は、彼女のことが好きだったのだ。だから聞けなかった。というより、きっと彼女とうまく会話できる自信がなかったから。

友だちがいつも、「彼女は頭がおかしい」と言ってバカにしていた。でも僕はそのたびに、「彼女がおかしいのか？　話がおかしいのか？　それとも、僕たちがおかしいのか？」と自問した。なぜか僕はそんなふうに考えてしまうのだった。なぜなら、彼女はいつも笑顔だったし、きれいだったし、何より人に優しかったから。
「俺たちは絶対に間違っていない」と友だちが言うたびに、僕は混乱した。いつも彼女の言葉が脳裏をかすめて、「本当に僕たちは正しいのか？」と考えたからだ。

僕の前には今、サイプレスの森がある。この森の奥に、きっと死の神であるプルートがいる。プルートに出会い、彼女のことを聞けば、きっと真実がわかるはずだ。プルートが彼女のことを知らないはずがない。なぜなら、彼女はもう亡くなったから。死の神が、どうして死人を知らないことがあるだろう？

この森にはサイプレスの香りが充満していて、人を惑わすという。昔からこのサイプレスの樹木は、キリストの十字架に使われたとか、棺に使われているとか、当たり前のことも伝説的なことも、たくさんの言い伝えがあって、それが本当かどうかはわからないけれども、ゴッホも愛していたようだし、どこか神秘的で、魅力的で、何よりもこの香りが心地良くて、僕は大好きだ。

僕はもう、この死の香りに誘惑されているのかもしれない。ずっとここにいてもいいと思うし、もしも叶うなら、ここで彼女と再会したいとまで願っている。

そう、だから僕はここに来た。

プルートは、どこにいるのだろう？　僕が死の神を信じていると言ったら、友だちはきっと僕のことを避けるようになるだろう。「お前はバカだ、間違っている！」と。

でも、正しいのは誰で、何なのか、本当にわかっている人がいるのだろうか？　それは、自分自身で確かめるしかない。

うっすらと陽光が差し込む森の中を歩いている時、ふと思い出した。彼女はいつも、サイプレスの香りがしていたな。

「生と死は、まったく同じもの」と彼女はよく言っていた。「でも、正しい人間は、そのよう

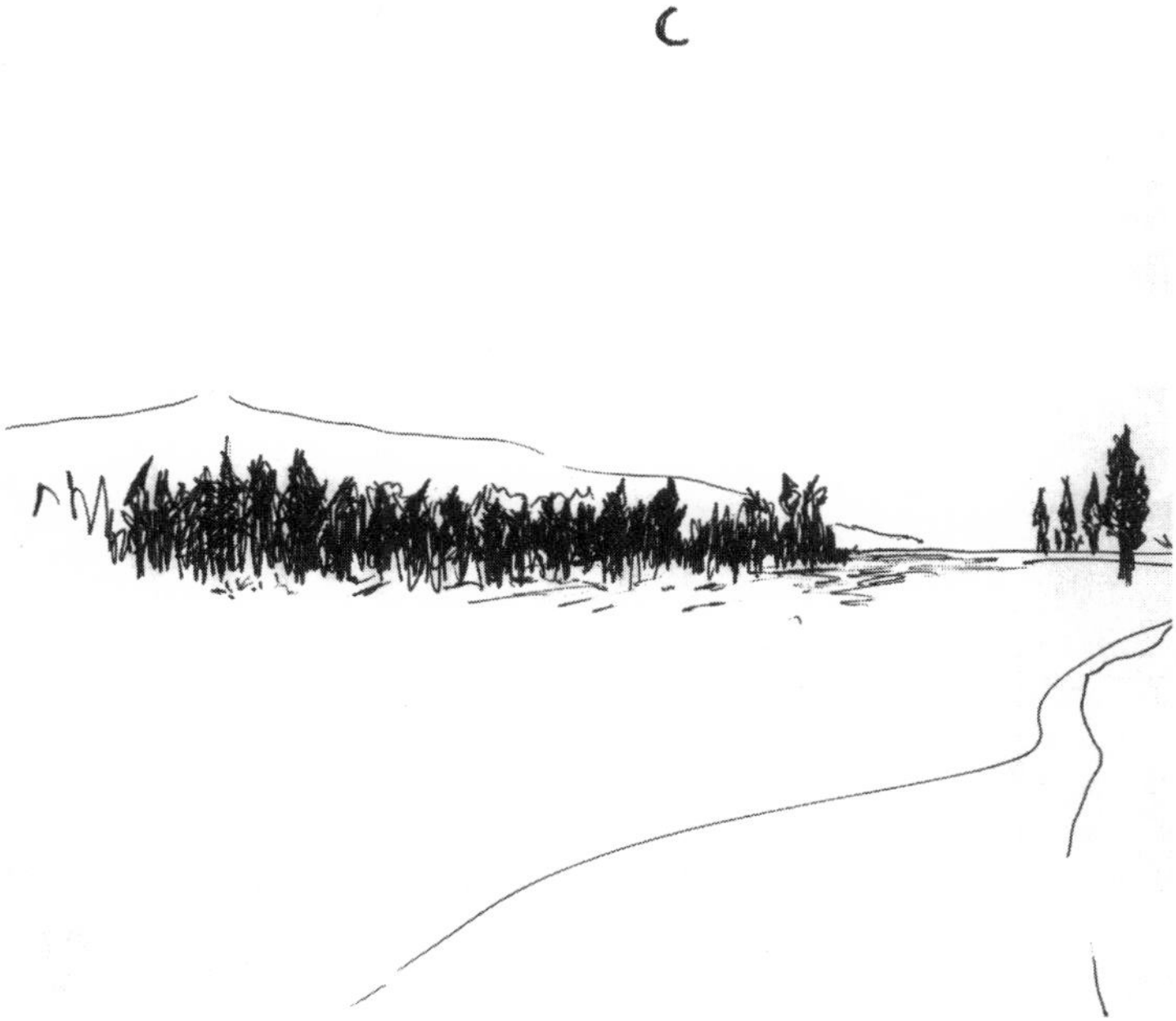

には考えない」と。

きっと、彼女はとんでもなく頭が良かったのだと僕は思う。それは、ゴッホの絵が生前、誰にも理解されなかったようなことと同じ。いつだって天才は、その人が生きている時代では理解されない。愛されない。

きっとキリストだって、そうだったはず。彼が生きている時には、きっと誰もキリストのことを理解できなかったのだ。だからこそ、殺されたに違いない。もしかして、彼女もまた、理解されずに誰かに殺されたのか？

今だからこそ、キリストの偉大さを人々は口を揃えて言うし、ゴッホの絵画の素晴らしさも、口を揃えて言う。誰も、「この絵は間違っている！」とは言わない。

でも、当時は誰にも理解できなかったのだ。ほんのひと握りの人たちだけが、彼らを理解できたのだろう。結局のところ、先を行く天才たちは、ほとんど愛されずに死んでいく。

でも、僕は彼女を愛しているよ、本当に。だから、こうやって君のもとに来たんだ。

この先に何があって、目的地が存在するのかどうかさえも僕はわからないけれど、僕の目的はただ一つ、プルートに出会うこと。

いや、本当は彼女に逢いたいだけなのだ。彼女にまた逢って、「僕は君のことが大好きで、君の言うことを信じているよ」って、ちゃんと伝えたいだけなのだ。

なぜなら、もしもそう伝えなかったら、きっと僕はひどく後悔して、罪悪感を抱えたまま死んでいきそうだから。僕にとって、罪悪感を持たないこととは、愛すること。ちゃんと気持ちを伝えること。好きなら「好き」と、信じているなら「信じている」と。

来年にはもう社会人になるから、その前に、どうしても決着をつけなければならない。自分の気持ちと感情に。


「マリア！」と呼んでみた。返事なんか、期待していない。

でも、期待しているから、きっと呼んでみるのだろうね。なんだか泣きそうだよ。マリア、君に逢いたい。

また君の笑顔を見ながら、想像もしていなかった言葉が、君のその美しい唇からこぼれ落ちるのを、僕は拾い集めたいのだ。


「プルート！」と呼んでみた。「いるなら、出てきてくれ」

僕は正しい人間じゃない。絶対に、正しい人間じゃない。だから、きっとマリアにまた逢えるはず。きっと、君が行った世界に、僕も行けるはず。

君がサイプレスの香りをしているなら、僕もサイプレスの香りになる。君がマリア様の首飾りをしているなら「それは君自身のことだよ」って、外してあげる。

生と死がまったく同じものなら、死は存在しない。だから、マリアもどこかできっと生きている。

プルートは、存在しない！　なぜなら、死なんてどこにもないからだ。そうでしょう、マリア。君が僕に伝えたのは、きっと、そういうことでしょう？

このサイプレスの森で僕は今、君を感じている。そう、君はまだ、僕の中で生きている。だから僕は、君のいる世界を目指すんだ。

君がいつものように優しく微笑んでいるその世界に、僕もきっと行くからね。今から行くからね。

このサイプレスの森を抜けたら、きっと、僕は君に逢えるから。

犬と猫と彼女と僕と

君は独りじゃないよ、と昔からよく言われていた。いや、時々、そんな言葉に出会ってきた。僕は独りぼっちだ、と思っていた時に。

幼い頃から動物が大好きで、犬と猫を飼っていた。もう記憶が定かではないけれど、猫は車に轢かれて死んでしまって、それからずっと犬と一緒だった。

その犬はとても頭が良くて、僕はその賢さを試すように、色々と遊びを考えたものだった。犬は外で放して飼っていて、僕が玄関のドアを開けるといつも近寄ってきて、ずっと離れない。それが大好きだった。

時々、こっそりと外に出て、ずっと遠くに離れてから犬の名前を大声で呼んだ。犬はいつも必ず、その声を聞き逃さずに僕を探し出した。どんなにどこに隠れていても、僕の声を頼りに、僕のもとにやって来てくれた。

そんな遊びが大好きだった。それから僕たちは一緒に、無邪気な小さな旅に繰り出すのだった。

ある日のこと、ご飯をあげようと思って犬の名前を呼んだけれど、彼は来なかった。そんなことは一度もなかった。

彼は百メートル先にいて、ずっと立ち尽くしたまま、僕を見つめていた。一歩も動かない。少しも近寄って来ない。ただじっと、僕を見つめていた。

それから彼は、僕の予想を裏切って、尻尾を向けて去って行った。それが、彼との最後の瞬間だった。


大人になって、僕は畑仕事をするようになっていた。犬や猫を飼いたかったけれど、そんな時間もなかった。いつも疲れ切っていて、余裕がなかったからだ。

夏の終わりのある日、見かけない犬がお宮の前に座っていた。僕の家のすぐ横に小さなお宮があって、誰が建てたのかはわからないけれど、僕はそこの面倒をいつからかみるようになっていた。


犬は、じっと僕を見ていた。声をかけると近寄って来て、後ろ足の片方を怪我しているようだった。かわいそうに、と思った。

僕は餌をあげた。スーパーでたくさん餌とおやつを買ってきて、彼にあげた。そして、足が治るようにと願っていた。

僕たちは仲良くなって、シヴァと彼に名付けて呼んだ。いつも一緒だった。仕事中も、仕事が終わってからも、ずっと一緒に行動するようになった。

そして気づくと、シヴァの後ろ足は完治していた。僕はとてもうれしくなって、ちゃんとこの犬を飼おうと思って首輪を買って、それから町役場に行って、届出をしてきた。

けれども翌日、シヴァは姿を消してしまった。どこに行ったのかはわからない。近所のおばあちゃんたちは、「あの犬は人懐っこくてかわいいから、きっと誰かが連れて行ったのよ」と言った。シヴァは、二度と僕の前に現れなかった。

翌年の春に、僕は生まれたばかりの子犬をもらって、サンと名付けて飼うことにした。けれどもサンは、突然、病気にかかってしまったようにおかしくなって、原因もわからないまま、僕の目の前で静かになってしまった。医者は、「なぜだかわからない」と言うだけだった。

彼女は、花の香りを嗅ぐのが大好きだったから、僕はまだ息があるうちに抱きかかえて、梅の花を一緒に見つめていた。ほら、お前の大好きな花だよ、お前はお花が大好きだろう？　と。

息をするのが精一杯だったけれど、彼女が愛しくてたまらなかった。

それから二年後の夏の終わりのある日、お宮の前に犬がいることに気づいた。シヴァもサンも白い犬だったけれど、今度の犬は茶色くて、毛が伸び放題で、その毛にたくさんの杉の枯れ葉が絡まっていた。

近寄ると、すぐにかけ寄ってきた。頭を撫でてあげると、その目元に森のダニがくっついていて、そのダニは血を吸って生き続けていることを僕は知っていたから、すぐにつまみ取ってあげた。

犬は少しだけ痛そうだったけれど、僕が何をしているのかをわかってくれているようだった。でも、その犬もまた、後ろ足の片方を怪我していた。

僕はスーパーでたくさんの餌とおやつを買ってきて、時には自分のご飯のおかずもあげた。僕たちはそれからずっと一緒で、仕事が終わると毎日二人で散歩した。彼はとてもその散歩を喜んでいて、飛び跳ねるようにじゃれている姿は、ダンスを踊っているようにも思えた。僕も一緒に踊った。息はぴったり合っていた。僕たちは幸せだった。二人きりで踊るだけで。

その犬に名前を付けようと思ったけれど、止めることにした。正式に飼いたかったけれど、やっぱり止めることにした。しばらく様子を見ようと思った。

そうして、もう僕から離れて行きそうもないと思ったから、正式に飼おうと考え直した。彼の足もまた、完治していた。

けれどもその翌日、彼は姿を消した。近所のおばあちゃんたちが、「あの犬は人懐っこくてかわいいから、きっと誰かについて行ったのよ」と言った。

仕事場にはよく野良猫がやって来て、僕はいつも声をかけるのだけれど、その猫たちはいつも逃げて行った。何も攻撃しないのに、と思うのだけれど、それが通じなくて、どの猫も必ず逃げて行くのだった。

ずっと前から、毎日のように見かける白とグレーの猫がいて、おそらくその猫は家のすぐ後ろの林の中の、タイヤが潰れてボロボロに壊れた古い車の中で寝泊まりしていて、だからお隣さんと言えばお隣さんなのだ。

僕は、見かけるたびに友だちになりたくて声をかけるのだけれど、そうするとすぐに走って逃げて行った。近寄ると、すぐに。

どうやっても、その猫はすぐに走り去って行って、いつしか僕はもう友だちになることを諦めていた。


その頃、僕に彼女ができて、その彼女はよくこう言った。

「私は猫と会話ができるんだよ、だって、私は猫だから。猫と私は一つなの」

信じてはいなかった。信じられるわけがなかった。けれども、僕は見た。


ある日、彼女は家の前のテラスの椅子に座っていた。すると、そこに白とグレーのいつもの猫が歩いて来て、彼女に気づくと、ふと足を止めた。

僕は家の中にそっと隠れたまま、その様子を伺っていた。なぜなら、今僕がテラスへと出て行ったなら、きっと猫は逃げてしまうだろうと思ったから。


信じられないことに、その猫はじっとしたまま、彼女と向き合った。さらに信じられないことに、猫はゆっくりと座り、それからゆっくりとあくびをして、今にも眠りそうになった。

猫の言葉がわからない僕にも、彼女が猫と会話をしているのがわかった。時々、実際に言葉を口にして話していたけれど、窓越しには、話すたびにかすかに動く彼女の背中しか見えなくて、何を話しているのかはわからなかった。

僕は急に掃除がしたくなって、静かにモップを取り出して、家の中を歩き回った。どうして僕はあの猫と会話ができなかったのだろう、と思っていた。

僕は家中を、きれいに掃除したくなっていた。隅々まで洗い流すように。まだ汚れていない新築の家のように戻したくて仕方がなかった。

彼女がやって来て、僕に言った。

「ねえ、猫がいたよ」

「知ってるよ」と僕は答えた。「ずっと見ていたからね」

「私は猫なの、私たちは一つなの。私とあなたも」

それから僕は答えた。

「その話は、この掃除が終わってからにしよう」

すると、彼女はこう答えた。

「あなたは自分が猫と会話できないと思っているけれど、そうじゃないの。あなたはもう会話をしているの、あまりに自然にね。だから、あの猫はあなたから逃げるの」

「いったいどういうこと?」と尋ねると、彼女は教えてくれた。

「あの子は、あなたのことが大好きだと言っていた。だから、いつも近くにいる、と。でもあなたは、いつも自分が自然に全てのものと会話していることに気づいていない。あなたの思いは、いつも自然に相手に伝わっている。

だから、もしもあなたが何かを自分のものだけにしようとするなら、きっとそれを失ってしまうことになるの。なぜかわかる?」


僕は、わからないと答えた。すると、彼女は優しくこう言った。

「もしもあなたが私のことを、自分の思い通りにしようとするなら、私たちの関係はどうなると思う? きっと私は、あなたのことを思って、自分のことも思って、あなたから離れて行くと思う。

あなたは独りぼっちじゃない。だから、何かを自分のものだけにしようとする必要はないの」

僕は考えてみた。彼女のことが大好きなのに、自分から離れていくのはどれだけ辛いことだろう、と。

そして、こう思うのだった。

「どうして僕はいつも、失うことばかり考えているのだろう？」

魔法のカップ

古代の一人の偉大な魔法使いが、自分の力の全てをこの世に残そうと、一つのカップを作り出した。そのカップには祈りが込められていて、その思いと同じ心を持った者だけが、そのカップの力を使うことができた。

時が流れて、そのカップは骨董品となり、誰かに購入されて、また売られ、そしてまた骨董品店に並んだ。そして、時は現代になった。

そのカップを見て、喫茶店のマスターは即座に購入しようと決めた。この、なんとも言えない馬の絵が美しい。けっして、仔細に描かれているわけでもなく、どこかシャガールの絵にも似ていて、その馬は宇宙の中を優雅に駆けているようだった。

安くはなかったが、カップを手にしてお店に戻った。このカップは、このカップに見合う客が現れた時に出すことにしようと決めていた。

けれども、そのように思って客を見てみると、どの客が見合うのか、わからない。訪れるお客は様々だが、お金持ちそうだから、優しそうだから、あるいはおしゃれな客だからといって、コーヒーを入れて出してあげたいとは思わない。悲しそうな顔をしているから、何か困っている表情をしているから、あるいはその客に元気を出してもらいたいと思っても、そのカップを使う気になれなかった。

「どうしよう」とマスターは思った。「これでは、一生、このカップを使うことはできないかもしれない」

こんにちは、と言って、常連のお客が入って来た。

たちまち、マスターの鼻にローズの香りが届く。彼女はファンタジー作家で、執筆活動が行き詰まるとこのお店にやって来て、コーヒーを一杯飲んで帰る。

「また、息抜きかい？」とマスターは話しかけた。

「悪い？」と女性。

「いや」とマスターは答えた。「こっちは有難いし、まあ、何もかも簡単にうまくいくことなんてないさ。コーヒーでいい？」

女性はカウンターに腰掛けて、ほっと一息ついた。

「アイデアがね」と愚痴をこぼす。

お湯を沸かしながら、マスターは尋ねた。

「今度の主人公はどういう人？」

「魔法使い」と彼女は答えた。「現代に生きる、魔法使い」

「それは難しいな」

「どうして？」

「現代では、誰も魔法を使えないからさ」

「だから必要なんじゃない？」

「主人公が？」

「いえ、誰でも本当は魔法を使えるんだ、ということが」

湯気がマスターのメガネを曇らせる。

「いい香り」と女性はつぶやいた。

「じゃあ」とマスターはコーヒーを入れながら言った。「魔法を使って、アイデアを作り出してみたら？　はい、コーヒー」と温かなカップを差し出す。

「自分のために魔法を使うのはよくないわ」

「たしかに」

彼女がコーヒーを一口飲んで、ふとマスターの姿に目をやった時、後ろの棚に、馬の絵が描かれたカップを見つけた。

「何それ？」

「ん？」

「新しいカップね。前はなかった」

マスターは棚のカップを手に取って、彼女の前に置いた。

「美しいだろう？　どこか謎めいていて、神秘的だ」

彼女はじっとそのカップを見つめていた。

そして、何かを思いついたように言った。

「『魔法のカップ』という物語はどうかしら？」

「どんな話？」

「そのカップでお茶を飲むと、何か不思議なことが起こるの」

「たとえば？」

「たとえば、自分の願い事が全て叶ってしまうとか」

「それじゃあ」とマスターは言った。「『アラジン』みたいな話になってしまう」

「そっか」と彼女は肩を落とした。「新しいアイデアって、本当にどこかに存在しているのかしら？」

すると、マスターが何かを思い出したように言った。

「ねえ、『美女と野獣』を観たことがある？」

「もちろん」

「僕は思うんだけど、王子様に魔法をかけたあの魔法使いだけど、彼女はいったい何のために、彼に魔法をかけたんだろう？」

「それは……」と彼女は考えてみたが、適切な説明が見つからない。

「愛を伝えるため？　人々に、愛を教えるため？」とマスター。

彼女は無言のまま考え続けた。

「そもそも」とマスターは言った。「何のために、魔法が存在するのだろう？　魔法って、いったい何？」

「そうね……」と答えに困る彼女。

コーヒーを飲んで、また考えてみる。けれども、はっきりとはわからない。そもそも、なんのために魔法というものが存在して、どうしてそれは魔法と呼ばれるのだろうか？

マスターが沈黙を破るように言った。

「その魔法のカップでお茶を飲むと、どうなるんだい？」

「さあ、わからないわ。何も思いつかない」

「じゃあ、実際に飲んでみよう」

そう告げると、マスターは馬の絵のカップを手にして、またお湯を沸かし始めた。

「こういうの、楽しいわね」と彼女が微笑む。「なんだか、子どもの頃に戻ったみたい」

「そうだね。子どもが一番の魔法使いだよ」

「そうね。だって、世界は不思議で満ちていて、何もかもが新鮮だったし」

「一番の楽しみは何だった？」

「そうね、クリスマスかしら？」と彼女は思い出すように言った。「だって、欲しい物が朝になったら枕元に置かれているんだもの」

「僕はいつも期待外れの物だったけどね」

「そう？」

「思うんだけど」とマスターは続けた。「どうして、願った物が簡単に手に入る人と、そうではない人がいるんだろう？」

彼女はあっさりと答えた。

「それはきっと、前者は魔法使いで、後者は魔法の使い方がわからないからよ」

「はい、コーヒー」そう言って、マスターは魔法のカップに入ったコーヒーを差し出した。

「何が起きるのかしら」と彼女は楽しそうに言った。

「さあ、飲んでみないとわからない」

「なんだか、ワクワクするわ」

「ああ、僕もワクワクする」

彼女はカップを手にして、笑顔で言った。

「もう、魔法にかかっているみたい」

マスターから思わず笑みがこぼれ、彼女のキラキラした瞳には、馬の絵が映し出されていた。

マスターは棚から自分用のカップを取り出して言った。

「いつも知らない間に魔法にかけられている。そうじゃなかったら、きっとそれは魔法とは呼べないよ」

眠る宝島の人々

魔術師が踊ると、世界も踊った。この世界には秘密と、それ自体の神秘があって、それを知る者だけが自由に生きることができると言われていた。

目を開いた魚たちは泳いでも溺れたままで、触れ合うことよりも通じ合うことを大切にしなかった。

踊る者は踊らせることもできるが、催眠にかけられて踊らされる者は、いつまで経っても踊ることができない。秘密とは、一握りだけの取るに足りない人々だけに明かされるものだ。

深い海底よりもさらに深い、暗黒の海底に突き刺さるように眠る彫像には、足がない。祈りには身体は必要なくて、それを知った古代の賢者たちは、そこに神秘の宝を隠した。自分には足があると思っている魚には、けっして秘密と神秘が明らかにされないようにと。

地図を手にすれば誰でも到達できる場所にあるのだが、地図を入手しても辿り着かない者たちのほうがずっと多く、宝物を見つけるのはピアノ線の上を歩くよりも難しい。

踊れなければ、線上は戦場よりも険しく残酷で、踊ることができれば、その線上はどの道よりも安全で、安らぎに満ちている。落ちることがないという観念に優るものはない。

起きている者は眠り、眠る者だけが起きて宝物を手に入れることができると言われていた。目を閉じなければ見ることができず、目を開けていると生命さえ感じることができない。口を開けてパクパクしても何も食べることができず、言葉を発しない者だけが秘密の暗号を解読することができるという。

東へ、西へ。どこもかしこも賢い魚たちばかりが泳いでいて、取るに足りない存在の愚者はほとんど見当たらない。愚者は動かないので、その体には藻が生え、珊瑚を乗せている。魔術師が踊ると、世界も踊った。けれども、世界に踊らされてしまうと、けっして踊ることができない。愚者ほど自由気ままで、落ちること、負けることを知らない者はなくて、取るに足りない人間であることほど、豊かになる術はない。

溺れるのが大好きな魚たちが、一生懸命に餌を探している。眠れる森の小人たちが、いつまでも悪戯をして遊んでいる。悪魔などどこにも存在しないと、悪魔たちが笑ってバカにして、雪山の巨人たちが、雪だるまを転がしながら自分も転がっていく。

蝶の羽ばたきの一つが、やがて世界を一周して、自分の背中を押してくる。それでも、自分の背中を押すのは自分ではないと言って苦悩する。
お姫様は口づけを求めてさ迷い、王子様は靴の持ち主を探すのに忙しい。王様は隠れる場所を探すけれど、いつでもその顔を出さなければならないし、救世主はいつまでも世界から批判と罵倒を喰らわせられなければならない。

私が踊るだけで、世界はいつでも、私の思うままに踊ってみせる。

眠りながら、そんな夢を見ていた。
宝物は、今ここにある。そんな夢を、今ここで見ている。世界が踊るのは、私が眠りながら踊るからなのだ。
そのことが記された地図を手に入れて、私は海底よりもさらに深い暗闇の中で閃光のように光り輝き、それから宝物となって、この地球儀を抱える。いつでも地球儀は私の手の内にあって、それをいつもぐるぐると転がして遊ぶのだ。

私が暮らすのは孤島の宝島。誰も寄り付かない。私はその見えない大地を踏みしめながら、今日という日も、片手に収まるほどの小さな地球儀をぐるぐると回して楽しく遊んでいる。ま

るで、暇を持て余して戯れる神々のように。

私はここがどこかは知らないけれど、きっと、この宝島はどこにでも在る。なぜなら、私には足がないからだ。彫像を残した者は、そうして私の模倣を作り上げたのだ。やがて、全てが海底に沈んでしまうこともわからずに。

青い森の、青い馬

その地には、伝説の馬が棲んでいると言われていた。けれど、誰も見たことがなかった。その馬の色は青くて、金色の尾をなびかせて走ると言われているが、誰も見たことがなかった。冬には凍てつく寒さで、森には雪が降り積り、痩せた枝から雪が風によって大地に落ちると、世界を震わすと言われていたが、誰もそこに住んだことはなかった。

世界に地震が起こると、それは青い森の木の枝から雪が落ちたのだ、と言われていた。


世界とは別の世界が存在していて、その別の世界は青くて、夜には群青色に染まると言われている。たった一本の馬の尾の毛があるだけで、その光が雪を溶かしてしまうから、自然に、真冬でも大地が見えるのだった。

青い馬を見ると、それだけで癒され、神々に愛されると言われているが、誰も見たことはなく、金色の毛の一本も、誰も手にしたことはない。

伝説がいつまでも伝説として、受け継がれているだけだった。


その青い森の樹木には、知識の実がなると言われていて、それをこの世界では「りんご」と呼んでいる。が、誰も「りんご」を食べたことがなかった。

その味は格別で、誰もが知識に酔いしれると言われているのだが、誰も酔ったことはなく、

酔うということがどのような状態なのかも、誰も知らない。

森は青く見えるのだが、近づいてみると樹木はみな茶色と緑色で、その「りんご」の実は情熱よりも赤く染まっていると言われているのだが、誰もその情熱を知ることがない。

知識は甘いと言われているが、私たちが知っているのは苦味だけで、どこにも甘味がなく、それゆえ誰もが甘味を求めているのだが、どこまで探しに行っても、知識の実を見ることができない。その地には、生きている限り、きっと辿り着くことができないとさえ言われていた。


夏の風が、清々しい。

この地は美しい。

私たちは、どこに暮らしているのか？

そうして、私は真っ赤なりんごをかじるのだった。静かで、静寂の香りが満ち、どこにも知識がない。

青い森の木陰で、群青色の馬がこちらを見ていた。その青い馬を、その神々しい尾を、誰も見たことがないと言われている。

サイプレスの森

私が彼を知ったのは、ずっと後のことでした。でも、本当は昔から知っていたのです。

ある日のことでした。それは、突然やってきました。輝かしい光がこの部屋を満たして、その光はこのように言われたのです。

「時が来ましたよ」と。

私は、すぐに何のことを言っているのかを理解しました。

たった一人だけ、一緒に連れて行けると言うので、私はどうしようと思いました。悩んだわけではありません。悩むほど、誰もいなかったのです。けれども、たった一人だけ、脳裏をよぎるようにその顔が浮かびました。

彼の名前を、私は知りません。もともと、名前には興味がありませんでしたし、だから記憶することもあまりできないのです。

「正しい人間であることは、とても危険なことです」

私がこのように言うと、彼はとても驚いた顔をしていました。

どうして理解できないのだろうかと思いましたが、それは仕方のないことでもあると、私は

187 サイプレスの森

知っていました。すると彼は、このように言って、私の前から足早に去って行きました。

「その首飾り、きれいだね」と。

どうして、人は逃げようとするのでしょう?


私は今、この森で彼を待っています。

彼は必ず来ると信じているからです。

たった一人だけ、一緒に連れて行けるので、私は彼を待っています。

約束など、していません。

いつ、どこで、何時に? それはとても愚かなことです。

なぜなら、彼は必ずここに来るからです。

そして、彼がやって来たら、私はこのように伝えたいのです。


「来てくれて、信じてくれて、ありがとう」

私は、このように伝えたいのです。

Fin.

ヘルメス・J・シャンブ

1975年生まれ。30代前半、人生上の挫折と苦悩を転機に、導かれるように真理探求の道に入る。様々な教えを学び、寺で修業し、巡礼の旅に出るが、最終的に「全ては私の中に在る」と得心、悟入する。数回に分けられ体験された目覚めにより、Oneness（一つであること）を認識、数々の教えの統合作業に入る。〈在る〉という教えは、これまでの師たちの伝統的な教えであり、またいくらか統合されたものに過ぎず、なんらオリジナルなものではないため、師たちの名前を借りて〈ヘルメス・J・シャンブ〉と名乗り、2013年、初の著作となる『“それ”は在る』を執筆した。その後、長い沈黙期間を経て、『道化師の石（ラピス）』、続いて『ヘルメス・ギーター』を出版。2020年12月21日より個人セッション、ワークショップ、Twitter、noteを開始。残された時間を教え伝えることに捧げている。

公式 Twitter ◎ https://twitter.com/hermes_j_s
公式 note ◎ https://note.com/hermesjs

プルートに抱かれて

●

2021年8月8日　初版発行

著・イラスト／ヘルメス・J・シャンブ

装幀／中村吉則
本文デザイン・DTP／細谷 毅

発行者／今井博揮
発行所／株式会社 ナチュラルスピリット
〒101-0051 東京都千代田区神田神保町3-2 高橋ビル2階
TEL 03-6450-5938　FAX 03-6450-5978
info@naturalspirit.co.jp
https://www.naturalspirit.co.jp/

印刷所／モリモト印刷株式会社

ISBN978-4-86451-369-2 C0010
落丁・乱丁の場合はお取り替えいたします。
定価はカバーに表示してあります。